ニューギニアの戦いで戦死した父親が眠る靖国神社に初めて参拝。都会の喧騒を感じさせない厳かで静かな神社で平和を願い、父に思いを馳せる(2021年9月)。

東日本印刷での執務風景。この当時、年商3～4億円、従業員数15～18名程度を抱えていた（1984年）。

1983年に現在地に自宅を新築。庭には鯉の泳ぐ池や築山、庭石、灯籠などを配して純和風のしつらえに。

左／若かりし頃の記念写真。
右／東日本印刷時代は、年に一度の社内旅行も行った。国内のみならず、ハワイや香港、マカオなど、海外にも足を延ばした。

子どもが小さいうちは、年に数回は家族旅行に出かけた。行き先は主に日光や那須塩原、鬼怒川など栃木県方面。この写真は英子が小学生、勝勲が幼稚園、努3歳くらいの時のもの。

上／クルマはもともと好きで、東日本印刷を興してからは、ずいぶんと何台も乗り換えた。1982年ごろ撮影。

左／弟・忠夫とともに。

1967年6月11日、土浦京成ホテルにて妻博子と結婚。
新婚旅行は神奈川県伊東温泉へ出かけた。

ライオンズクラブの会長を務めていた50歳くらいのころ、夫婦で姉妹クラブの記念式典に招かれ、台湾へ出かけた時のもの。後ろは超一流ホテルとして名高い圓山大飯店。

70歳からを輝かせる生き方

30代で10億円を作った男の話

飯島勲

みらい
PUBLISHING

はじめに

突然ですが、あなたに質問することをお許しください。

今、やり残していることはありますか？

自分の生き方に迷いはありませんか？

未来に対し、不安はないでしょうか？


まもなく私は80歳、傘寿（さんじゅ）です。本当に早いものです。

本書を書くきっかけとなったのは、長女からのひと言でした。そのころの私は79歳を迎え、少々気弱になっていたのかもしれません。

「日本人男性の平均寿命＝自分の寿命」のように思い、勝手に落ち込んでいた時期でもありました。

誰もが経験する「死」に対しての恐怖。死は未知の世界であり、不安とあきらめに心が支配されそうになっていた、そんな時に、

「お父さんに一生のお願いがあるの。お父さんのことを本に書いてほしいの」

と娘に言われたのです。

心の中で私は、

――私は有名人でもない、ごく普通で平凡な男。取り立てて書くようなことも、得意なことも何もない。それなのに本を書くなんて――

と、思いました。

しかし、娘は続けて、

「誰にだって、その人にしか語れない素晴らしいものを持っていて、それは自分では気がつかないもの。有名人ではないお父さんだからこそ書けるものがある。人生をどんなふうに考えて、どんな行動をするのか。そして、どのように人生を楽しんでいるのかを書くことで、若い世代や、70歳を越えた人たちの未来に元気と希望を与えられる。仕事を辞めた今でも、人のお役に立つことができると思うの」

と言ってくれたのです。

80歳は、後期高齢者です。自分にはまったくその自覚がなく、「いつの間にかよくもまあ、こんな年齢まで生きてきた」というのが本音です。

しかし今は、人生100年の時代であり、私と同年代のみなさんも、趣味や教養、スポーツなど、盛んに活動しておられます。あらためて、なんて素晴らしい時代になったのだろう、と感じています。

人生は、とにかくあっという間です。私の中には仕事をしてバリバリ働きたい思いが今でもありますが、仕事はすでに目一杯してきました。今はそのころにできなかったことをたくさんやりたいと思っています。

自分の人生の終わりがいつ来るのかなど、誰にもわかりません。

娘の願いはかなえてやりたかったし、もともと本が大好きな人生だったから……と覚悟を決めました。

私の願いは3つ――。

1．日本を元気にすること

2．若者に希望ある未来を見せること

3．60歳を越えても、人生を楽しむ高齢者になること

ラッキーなことに、私はこうして今年80歳になるまで元気に過ごしています。「もう80歳」でなく、「まだ80歳」の心持ちです。

本書は、高齢者だけでなく若者にも元気になってもらいたい！　という思いを込めて執筆しました。

本好きの人にならご理解いただけると思いますが、私にとって「自分の本を書く人」などは、いわば雲の上の存在でした。しかし、今それがこうして現実になっています。つまり、人生には思いがけないこと、予想もしていなかったことが起きるものなのです。

あなたが今、何歳であったとしても、人生はまだまだ続いていきます。それは、あなたが思う以上に長く、素晴らしいものになる可能性を秘めていることを忘れないでください。

本書で述べる、これまでの、そして今現在の私の生き方は、若い世代の方には古い考えだと感じられることもあるでしょう。逆に70代以降の方には懐かしく感じられたり、共感していただけたりする点も多いかもしれません。

私は、若い世代の方に古い考えを押しつけるつもりは毛頭ありません。それでも、戦後、敗戦国から経済大国へと世界から認められるまでに日本を元気にさせた私たちの世代の生き方の中には、必ず何かしらのヒントがあるはずです。

時代には合わない考え方や行動の中から、今の時代に欠けているもの、忘れているものを見つけ出してほしいのです。形ややり方が変わっても、大切にすべきものの基本はいつの時代においても普遍であることは歴史が物語っています。

本書を読んだそれぞれの世代が、それぞれの世代なりに新しい元気な日本を考える、そのための一助になれば、これほどうれしいことはありません。

70歳を越えて迎える人生の〝ゴールデンタイム〟。

それをもっともっと実感し、楽しみましょう。

そして最後に、

「ああ、いい人生だった！」

と心から思えるように、大いに人生を楽しんでいきましょう！

飯島 勲

70歳からを輝かせる生き方　もくじ

第2章 どうせやるなら自分の足で立つ

〜所帯を持つなら稼げる男に！〜

第3章 「愚直にコツコツ」に勝るものなし
～現在に通じる人生の心構え～

第4章 培われた粘り強さと家族への思い
～愛する茨城での幼少の日々、そして今～

第5章

「人生100年時代」を楽しく生きる
～輝ける未来のために今できること～

笑って、粘って、学び続ける

～気力、体力で人生の礎を築く～

第1章

スタートは「学生貴族」の真似ごとから

私の人生において25歳から30歳までの約5年間は、気力、体力ともに最も充実した素晴らしい時期でした。80歳を迎える今振り返っても、私自身を大きく成長させた時間だったと確信しています。

この時期に経験し、学んだこと、自分の頭で考えたこと、そしてそれらを踏まえて、当時の自分の持てる力をすべて出し切るために実際に行動したこと――。それらが、その後の私の人生の礎になっていたことを知るのは、ずいぶんあとの話です。

まだまだ若かった当時の私は、目の前のやるべきことを一つずつ、シンプルにやり続けた、ただそれだけのことだったのだと思います。

大切なものは、自分の血となり肉となって初めて気づくものなのでしょう。

25歳で妻の博子と結婚したことも、この時期が充実することになった大きな要因の一つでした。昔の男ですから、

「所帯を持ったからには、妻子に経済的につらい思いをさせるわけにはいかない」

というのが仕事にまい進するモチベーションになりました。

ただ、私はそもそも、

「将来は金持ちになるぞ！」

という気持ちはそれほど大きくはありませんでした。しかし、商売についてはある程度の興味を持っていたのだろうと思います。とはいえ、常にアンテナを張りながらビジネスのチャンスを探していたわけでは決してありませんでした。

そんなごく普通の青年だった私が、お金を稼いだり、商売をしたりすることに興味を持つようになったのが、大学在学中に始めた学習塾の経営です。この経験が大きなきっかけになったと思います。


当時、私は中央大学文学部英米文学科の学生でした。1961（昭和36）年の入学当初から、親に授業料を出してもらっているのに、さらに小遣いなどのお金をもらい続けることは申し訳ないという思いがあり、アルバイトを始めました。

しかし、私の場合、東京で下宿生活をしていたわけではなく、茨城県の土浦市から片道2時間半かけて文京区水道橋まで通学していました。自宅から土浦に出るまでの時間を含めて、往復で約5時間かけての通学です。

今の人が聞くと驚くかもしれませんが、当時はよほど裕福な家でない限り、茨城県でいえば土浦市や石岡市から都内の大学へ通う学生は珍しくなかったのです。

通学に2時間半かかるのですから、東京では長時間のアルバイトができません。もちろん大学の講義もあるため、月に5日か6日働くのが精一杯です。アルバイト代は日給計算で600円か700円の時代でしたので、月に3000〜3500円程度の収入だったと記憶しています。それでも、1960（昭和35）年の大卒初任給（公務員上級・給与）が1万8000円、高卒の初任給は土浦市の一般企業で6000〜7000円、東京の場合は2000円程度高くなって9000円〜1万円だった時代です。アルバイトで得るお金はありがたいものでした。

ところが、私と同じ大学生という身分でありながら、金回りのよい連中がいたのです。それも資産家の子弟のように、親からの仕送りなどで潤っているのではありません。週刊誌などでは、そういった大学生を「学生貴族」という言葉で紹介していました。

「どうして『学生貴族』なんて言われるほど稼いでいるのだろう？」

と単純に興味を持って調べてみたところ、それは学習塾の経営で稼ぐ大学生たちのことでした。1対1の家庭教師ではそれほどお金になりません。そうではなく、学習塾の形態にして、何十人単位で勉強を教えることで、効率よく多くのお金を稼いでいたのです。

週刊誌の記事を読んだ私は、たまたま中央大学の同級生の中に学習塾をやっている人がいたので、すぐに見学に行きました。

その人が教えていたのは4～5人程度で、学習塾といっても小規模なものでしたが、現場を見たことで、

「これなら自分でもできそうだ」

と思い、さっそく実行に移したのが始まりです。

また、大学生でありながら後楽園の金子ボクシングジムに在籍し、C級ライセンスの4回戦ボーイでもあった土浦在住の武(たけ)ちゃん（須藤武さん）との出会いも、学習塾の経営に挑戦する私の背中を押してくれました。

東京で仲よくなった武ちゃんは、私に商売のイロハを教えてくれた人でもあります。

「自由主義、民主主義社会の世の中なんだから、雇われの身ではなくて、自分でやらなきゃダメだ！」

そう熱く語ってくれたものです。周囲の同級生のほとんどが親のすねをかじっていたころ、彼は唯一、ビジネスや金儲けなどの話ができる相手でもありました。それまで金儲け

などほとんど知らなかった私が、

「ビジネスって面白い、仕事って面白いな」

と思うきっかけをくれた人だったと思います。

「現役大学生が教える学習塾」をオープン

学習塾は地元である茨城県の桜村（現つくば市）で小学5年生から中学3年生までを対象としました。まずは学年別にクラス分けをし、小5がAクラス、小6がBクラス、中1がCクラス、中2がDクラス、中3がEクラスの基本の5クラスと、高校進学希望者向けのスペシャルクラスのSクラスを合わせて計6クラスを設置しました。

今と比べると当時の高校進学率はまだまだ低く、1950年代前半でいえば5割以下という時代でした。高度経済成長期に上昇を続け、1970年代半ばには9割以上となった高校進学率でしたが、高度経済成長期前期には中卒就職者は「金の卵」として引っ張りだこの存在でした。地方の中卒者、高卒者が卒業直後に集団就職列車という臨時列車で東京に向かう光景が、1954（昭和29）年から1975（昭和50）年まで続きました。

私が育った当時の桜村では、高校進学率は3〜4割でした。大学進学者はさらに少なく、60〜70人いた高校の同級生の中で、昼間の大学に進学した人が2〜3人、働きながら通う夜間の大学にも同じく2〜3人がいた程度でした。

ところが、1947（昭和22）年から1949（昭和24）年に生まれた第1次ベビーブーム世代の子どもたちが中学生、高校生となり、いわゆる受験戦争に勝ち抜くために1960年代から学習塾が増えていったようです。さらに高度経済成長期には、農業や漁業などで生計を立てるのではなく、サラリーマンとして働く人々も増えていきました。

当時のサラリーマンの年収は学歴が大きく影響したため、わが子を高校、大学に進学させたい、少しでも高学歴にしたいという親が増えたことも、学習塾が増えていった要因だといわれます。私が大学に入学したのが1960（昭和35）年ですから、ちょうど学習塾の草創期に重なったことになります。

世間には少しずつ教育の大切さが広まりつつあり、土浦市あたりには学習塾はいくつもあったようですが、私の住んでいた桜村にはほとんどなく、英語だけを教える学習塾が唯一あったぐらいです。その塾がとてもはやっていましたので、私の学習塾では中学生には英語のほかに数学・国語の主要科目を、小学生には英語の代わりに社会を教えることにしました。

知り合いの学習塾を見学しただけで、それ以外に綿密な準備をしたわけではありませんでした。にもかかわらず、開塾したとたんに入塾希望者が殺到したのです。本当にこれには驚きました。塾から一番近くにあった私の母校でもある、つくば市立栄小学校の半分ほどの児童が入塾を希望しました。遠くから通わせてでも入塾したい、という親御さんもいたほどです。軽自動車さえ持っている家庭はほとんどなく、あるのは自転車かオートバイという時代です。遠くから通うことになるわが子をオートバイで塾まで送り迎えしている親御さんたちの姿を懐かしく思い出します。

当時は大学進学者が少なかったこともあり、今の時代と比べて大学生の絶対数が少なかったため、「現役大学生が教える学習塾」ということも人気を呼んだ理由だったのかもしれません。大学生が教えるということは、講師である大学生は東京で大学の講義を終えてから桜村に駆けつけることになります。このため、どうしても塾の授業の開始は夕方になります。早いクラスで16時ごろから始め、大部分のクラスは17時開始、19時ごろに終了するのが基本的なスケジュールです。

とにかく大変だったのが講師の配置、いわゆるシフト作りでした。私一人ではすべての子どもたちを教えることはできませんので、友人の大学生に頼み、私を含め3人で教えることになりました。日曜日は休みにして、月曜日から土曜日まで週6日教えていましたので、一人あたり週に3~4日は担当することになります。しかし、お願いした大学生は何かと理由をつけて、週に1日か2日しか来てはくれません。時には勝手に休んでしまうことさえありました。私も大学生ではありましたが、まがりなりにもオーナーですので、

「おまえ！　今日はアルバイトだろ、何やってるんだよ！」

と怒るのですが、それでもなかなかスケジュール通りに来てくれることはありませんでした。その埋め合わせはオーナーである私自身が担うしかありませんから、本当に休みなく働く、忙しい毎日でした。

月謝は小学生が月3000円（A・Bクラス）、中学生が4000円（C・D・Eクラス）、中3の高校進学希望者向けのスペシャルクラス（Sクラス）が5000円と設定しました。あまりにも大勢の子どもたちが入塾されたものですから、月の収入は3万円から、時には5万円ということもありました。お願いした2人の大学生にバイト代として月5000円ほどを交通費と別に渡していました。

前述したように、土浦市あたりの高卒の初任給が7000円、東京でも1万円弱の時代です。大学生の5000円のバイト代というのは当時として破格だったと思います。彼らにバイト代を支払ってもなお、私の手元には2~3万円は残っていました。実際のところ、

自分でもこれほど多くの収入を得ることができるとは想像すらしていませんでした。毎月、驚くほど多くの100円札を手にしたのを覚えています。

学習塾が成功したおかげで、両親からお金の援助を受けることはなくなりました。ただ、

「お金を稼ごう!」

と決めて始めたわけではなかったこともあり、学習塾は2年ほど続けて終わりました。

これが実質上、私のビジネスにおいての初めての成功体験でした。多額のお金を稼いだ経験から、

「お金はある程度あったほうがよい」

と考えるようになりました。そして、

「何ごとも自分自身で考え、実行する」

このことの大切さについて身をもって学ぶことができた貴重な経験でもありました。

半年で退職を余儀なくされた最初の就職

大学卒業後、新卒で入社したのが株式会社マルマンという会社でした。現在は社名が変わるなどしていますが、1959（昭和34）年に国産第1号のガスライターであるマルマンライターの販売を始め、ライターが150～300円だった時代に3300円という高級ライターを販売して急速に伸びていた会社です。

この会社は、そのほかマルマンゴルフクラブなどゴルフ用品の製造販売会社としても知られています。40代以上の人であれば、禁煙グッズ「禁煙パイポ」の「私はこれ（パイポ）でタバコを止めました。私はこれ（小指を立てて女性を表すジェスチャー）で会社を辞めました」というテレビCMの会社と言ったほうがわかりやすいかもしれません。私の入社当時はマルマンライターのテレビCMも流れていた記憶があります。

東京オリンピック開催の前年である1963（昭和38）年入社ですから、1962（昭和37）年からのオリンピック景気であったことに加えて急速に業績を伸ばしている会社ということもあり、新卒時の入社倍率は7～8倍はありました。入社試験会場もかなりの大規模だったことを覚えています。最終的に同期の新入社員は2000人弱はいたと思います。

マルマン創業者の片山豊氏（1920〈大正9〉年～1997〈平成9〉年）はとても有名な方で、社員一人ひとりを事業主に見立てる、当時としてはユニークな経営をしていました。『私はこうして事業をおこした』『実力主義の経営』『企業のパイオニア　マルマン社長　片山豊　人間主義経営』など、著書も数多く出版されています。

新入社員は全員、社長の著作を読まされました。記憶に残るのが、「サラリーマンであっても経営者精神にのっとって仕事に取り組むことの大切さ」を説いていたことです。そのころの私は、将来事業を興すことに漠然と興味を持ち始めていたため、この時期に片山社長の著作を読んだことは、私にいくばくかの影響を与えたのではないかと思っています。

結局、私がこの会社に勤めたのはわずか半年でした。後述する「動くデパート」という、いわゆる消費財の直販事業がうまくいかず、入社後すぐに給与未払いの状態が始まったのです。仕事への不満はありませんでしたが、給与が入ってこなくては生活が成り立ちません。残念ではありましたが、入社から約半年で会社をあとにしました。

「真の流通革命が始まった！」などともてはやされた同社の「動くデパート」事業は、発足から1年3か月で失敗に終わり、その後の会社の経営に多大な影響を与えたと聞いています。

新卒での就職先から給与が支払われない――。

この事実だけに目を向ければ、非常に不幸な出来事だったかもしれません。しかし、私はこの会社に入社したことは間違いだったとは決して思っていないのです。なぜなら、たった半年という短い期間ではありましたが、その後の私の仕事に必要不可欠な「営業」の基本を、ここでたたき込まれたからです。

スゴ腕営業マンから学んだ「粘り」の極意

マルマン入社後には、新人営業マンの研修を受けました。営業先でのお客さんへのあいさつの仕方から始まり、接し方、口の利き方、商品説明の方法など、俗にいうロールプレイングがメインでした。それ以外にも、失礼のないように靴はきれいに磨いておくこと、座る時には、お客さんの正面には絶対に座らずに少し外すこと……など、営業の基本はすべてここで教わることができたのです。ハードな毎日ではありましたが、とてもありがたいことだったと今でも感謝しています。

私がマルマンに入社し、最初に配属されたのは東京の東部に位置する江戸川区の小岩営業所でした。営業職として同期も20数人いたと思います。しかし、ほとんどの同期は早々に辞めていきました。4月に入社し、夏になるころには私ともう一人、合わせて二人しか残っていないという状況でした。給与の支払いが少しずつ怪しくなってきたということもあったと思いますが、会社が求める営業の仕事をこなせなかったというのがメインの退職理由でした。

私のほかに唯一残っていた同期は、とても仕事ができました。弁が立ち、営業は抜群の成績です。彼はその後の転職先で、大きな会社ではありませんでしたが20代にして専務の役職に就き活躍したようです。

私もその同期同様に仕事ができていたかどうかは自分では評価できませんが、それでも当時、短い間ではあったものの、「大いに仕事をした」ということだけは自信を持って言えます。

小岩営業所には、加藤所長という、まさに「営業のプロ」がいました。彼は桁違いに営業がうまい人でした。「すごい！」としか表現のしようのない人です。職業人生の始まりの時期にこの加藤所長の近くで仕事ができたことは、その後の私の人生を考えるうえでも、大きな財産になりました。とにかく若い私に大きな影響と刺激を与えてくれたのです。

当時、マルマンといえば、ガスライターとゴルフクラブが有名だったのですが、違う事業も展開していました。それが、結果的には経営を圧迫することになってしまった、前述の「動くデパート」です。アメリカのシアーズ・ローバック社のカタログ販売「シアーズ」の真似をしたと聞いています。

「デパート」というくらいですから、ワイングラスから飛行機のセスナやヘリコプター、住宅に至るまで本当になんでも販売していたのです。販売商品が掲載されたカタログの分厚さに驚いたのを覚えています。そのカタログを持って、

「どこでもよいから売ってきなさい」

と上司から私たち新人に指示が出ます。どこでもよいと言われても、簡単に注文が取れるわけがありません。それでも、新人営業マンですから言われるがまま売りに走りました。もちろん、やみくもに売り歩くわけではありません。しっかり売り先のターゲットを決めて、A社に行くなら○○、B社に行くなら△△と、売る商品を設定します。

例えば、当時はまだエアコンが広く普及していない時代です。小さい美容室や床屋さんに営業に行く時には、

「エアコンを使えば、お店は快適になってお客さんも喜びますから、繁盛しますよ」

といった具合にセールスするのです。商材はなんでもあるのですから、その商品を購入することでお客さんにどんなメリットがあるのかをお話しするのです。

もちろん一般の家庭にも売りに行きます。家庭には何を売るかというと、会社からは、

「家庭向け商材で一番利益があるのは婚礼家具セット」

と言われていました。1960年代には、新婦の実家が嫁入り道具として必ず100万円も200万円もかけて、たんすなどの家具を購入するのが一般的でした。ですから婚礼家具の注文を取れればそれが一番よいわけです。

新婦が結婚して持ち込むたんすの数によって、

「あの嫁の実家はちゃんとしている」

「あそこの嫁の実家は常識を知らない」

などとうわさされてしまう、そんな時代でした。

しかし、やみくもに婚礼家具をセールスしたところで、

「うちに娘はいません」

と言われたら話はおしまいです。そのため、一般のご家庭に営業に行った際には、まず玄関に若い女性の靴があるかどうかを確認します。靴があるということは、若い女性がその家にいるということですので、そういう家庭には婚礼セットを売り込むように会社の先

輩たちから仕込まれました。

つまりは、営業先に出向いたら、きちんと「観察」して、そのお客さんが何を欲しているかを「見極め」てセールスするということです。

婚礼家具セットをはじめとした高額な商品の場合は、一括での支払いが難しいため、月ごとに一定額を支払う月賦での支払いがあり、3年月賦、5年月賦などが設けられていました。

加藤所長は営業所のトップではありますが、机に座っているのではなく先頭に立って営業していました。当時、クレジットカードはもちろん、ローンの引き落としなども一般的ではありませんでしたので、すべて現金払いです。

加藤所長は空のかばんを持って午前中に営業所を出て行き、帰って来た時には50万円、100万円の現金がかばんに入っていたものです。私は頑張っても10万円ももらえません。加藤所長が持ち帰る50万円は頭金の可能性もありました。5回払いの月賦でお客さんが購入したのであれば、250万円の商品です。10回払いの月賦であればそれ以上の商品を売ってきたということになるわけです。

しかも加藤所長は、所長ですから所員全員が営業に向かった後、最後に営業所を出て自分の営業に向かいます。すなわち、実質の営業の仕事にかける時間は2～3時間です。にもかかわらず、毎日、少なくとも何十万円かの現金を持って帰ってくるのです。

「どうやったらそんなに注文を取れるのだろうか……」

とにかく不思議でした。

今、振り返って考えると、加藤所長は圧倒的に押しが強い人だったと思います。徹底的に「押す」タイプの営業スタイルです。怖いぐらいに押しが強くて、一度つかんだら離さない「粘り」がありました。私の記憶では、私と同郷の茨城県の出身で、潮来あたりの人だったと思います。いつもニコニコしているのですが、目の奥の光は鋭く迫力がありました。普通の人であれば、それに圧倒されて契約してしまうのもうなずけます。

ある時、加藤所長から、

「飯島！　100軒ぐらい飛び込まないと営業は一人前にならないから、1日100軒、行ってこい！」

と言われたことがありました。100軒は行かないと商売にならない、そのくらいは最低でもやりなさい、ということです。これについていけない連中は、

「大学まで出た身なのに、頭を下げて、飛び込みの営業を1日100軒もやる必要はない」

などと言いだし、早々に会社を辞めてしまいます。結局、夏までに私を含めて同期が二

人しか残らなかったのは、加藤所長の営業のやり方についていけなかったことも大きな原因の一つだったのです。

私は、加藤所長の言葉を信じて、1日100軒の飛び込み営業を実践しました。

その時、まず考えたのが、

「どうやったら効率よく100軒回れるか」

ということでした。そこで気づいたのが、団地やマンションを回れば、戸建てを1軒、1軒回るよりも格段に効率がよいということです。

当時のトップセールスマンの商材は、自動車、化粧品、保険など、さまざまでした。

例えば、自動車であれば月に3~5台を売るのが普通の営業マンですが、月に何十台も売るセールスマンもいたのです。今の自動車のセールスは個人のお客さんも多く、丁寧な言葉であいさつして……などといった売り方が主流だと聞きますが、昔は違います。自家用車などまだ少なかった時代ですから、個人宅を回る自動車のトップセールスマンはいなかったのではないでしょうか。彼らは頭を使って、タクシー会社や社用車を数多く使う企業をターゲットにし、成果を上げるのです。

セールスマンは、単なる御用聞きをやっていては営業成績を上げることはできません。基本を押さえながらも自分の頭で考え、さらに自分の営業スタイルをしっかり築き上げた人たちが「トップセールスマン」と呼ばれていたのです。この点は昔も今も変わらないのではないでしょうか。

その一人がまさに加藤所長と言えるでしょう。繰り返しになりますが、とにかくすごい人でした。まさに本物の「営業のプロ」という言葉がふさわしく、今振り返っても、よい悪いは別として加藤所長を超えるスゴ腕の営業マンに出会うことはありませんでした。

半年しかいなかったマルマンに入社したことを「よい経験だった」と私が素直に思えるのは、本物の「営業のプロ」の仕事ぶりを間近で見ることができ、そんな人から営業のイロハを教えてもらえたからにほかなりません。もしかすると加藤所長が見せてくれた「粘りの営業」は、その後の私の仕事における粘り強さを、どこかで支えてくれたものだったのかもしれません。

山一証券の関連印刷会社アコーダー・ビジネス・フォームへ転職

マルマンを退職後、1965（昭和40）年に入社したのが日本連続伝票株式会社という会社です。それほど大きくはなく、当時は百数十人程度の社員数でした。入社4年後の1968（昭和43）年には、アコーダー・ビジネス・フォーム株式会社と社名が変更されました。当時は、山一証券の関連会社だったと記憶しています。

1936（昭和11）年の創業から、日本最初の長尺印刷、後に特許を取得したオリジナルの手書き式連続伝票発行機であるアコーダー複写機（ノーカーボン紙が開発される以前に、納品書、請求書、受領書、控えなどの複写伝票を発行する機具。カーボン紙を触ることなく約200枚連続で伝票の発行ができた）、電力計などのチャート（記録紙）を製造販売していました。

その後、公共料金の請求にコンピューターが導入されるようになり、連続帳票（フォーム印刷）の技術を持っていた同社は、連続帳票、つまりコンピューターの連続用紙をメインに取り扱うようになっていきます。当時、私が担当していたのもやはりコンピューターの連続用紙がメインでした。

入社後、まずはさまざまな部署に配属されました。最初は内勤の事務仕事、少し経つと工場に行かされるなど、現場を含めて3～4部署でお世話になりました。会社がどんなことを行っているのかを把握するためのいわゆる研修の一環だったのでしょう。

その後、最終的に営業部の配属となります。ひとまず、

「やってみろ！」

と先輩営業マンから、20～30社の名簿を渡され、それを基に営業をしました。しかし、先輩営業マンが後輩に渡す名簿に掲載されている会社というのは、今取引がない会社ばかりなのです。取引がある会社であれば、後輩に譲るということはまずありません。ほとんどが自分では営業したくない会社の名簿を渡して、

「おまえ、行ってこい！」

となるわけです。そんな名簿を基に営業しても、当然のことながら注文はほとんど取れませんでした。最初の1年はそういう状態が続いたと思います。

一応、社内には、「あなたは、〇〇社担当」などといった割り振りがありました。それでも、自分で開拓して営業先を見つけることは自由です。

先輩からの名簿や割り振りの担当だけに頼っていても営業成績は上がらず、らちが明きません。入社から1年ほど経過したころの私は、誰に言われるでもなく自分で新規開拓をするようになっていました。

断られるのは当たり前！　成功時の喜びは想像以上

当時、アコーダー・ビジネス・フォームの本社があったのは、東京の日本橋蛎殻町（かきがらちょう）でした（１９６９〈昭和44〉年に茅場町へ移転）。周辺には、証券会社や銀行の本支店、保険会社のほか、商社や証券マン相手の旅館や飲食店などが集中していました。渋沢栄一邸のほか、旧・日本興業銀行、旧・三井銀行、三井物産、旧・明治生命保険、旧・富士銀行など、数えきれないほどの重要な金融機関や企業が軒を並べる活気あふれる地域です。

私が最初に目をつけたのが、通りを挟んで会社の前に立つビルに入っている民間企業でした。周辺には一流企業がズラリと並んでいます。ならば、行かない理由はありません。

「会社から一番近いところで注文が取れれば楽だ！」

とばかりに、新規開拓の営業を始めました。営業は注文を取るために歩くのが基本中の基本です。営業先は会社の目の前ですから、私以外の営業がすでに訪問済みかと思いきや、誰もまったく行っていなかったのです。

「みんな、何を考えているんだろう……」

と不思議だったのが本当のところです。

実際に営業に行くと、受付に女性がいて、私のような営業はすべて断るようになっていました。それでも、

「すぐ近くですから」

と食い下がり、何回も足を運びました。

回を重ねるうちに、私が目の前にある会社の人間だということは少しずつ認識してくれるようになりましたが、最初は話しかけても口を利いてはくれません。名刺も置いてはいきますが、そんなものは見てくれるはずもなく、ゴミ箱行きだったかもしません。知らない人とは取引したくない、これは当然のことでしょう。しかし、10回、20回と顔を出しているうちに、

「ところでよく顔を見るようだけど、どこの会社の人？」

などと話しかけてくれる人が少しずつ出てきます。それでも、

「あなたは、なんの商売をしているの？」

といった具合で、私の商売さえ理解されていません。ですから、

「会社がすぐ近くなんですよ！『オーイ』と呼んだら聞こえるかもしれません」

などと冗談を言って顔を覚えてもらうように心がけ、新規開拓をしていったのです。

そんな地道な営業で、時間はかかりましたが、多くの新規のお客さんを開拓することが

できました。今でも「あの時の新規開拓は面白かった」と思い出します。

こんな話をすると、

「そんなに断られて、気持ちが沈むことはないのですか？」

と聞かれることがありますが、営業で断られるのは当然のことですし、それ以上に注文が取れた時のうれしさは格別です。

「わー！　やった！」

と叫びたいほどの喜びです。今でもあの快感を覚えています。

一度、そういう成功体験を味わい、新規開拓のコツがわかってくると、断られるのは想定内ですから、この人がダメなら次のお客さん、またダメなら次のお客さん……と新規開拓に向かう力が湧いてくるわけです。横山町、人形町など、会社のあった蛎殻町、茅場町の周辺の会社を一つひとつ全部回り続け、おかげさまで何度も喜びを味わうことができました。

茨城県の市町村9割からの受注に成功

入社後、飛び込み営業で会社付近を開拓し続けた私は、少しずつ営業範囲を広げていきました。ただ、注文はもらえても回収が思うようにいかなかったり、とくに横山町などの問屋街は関西出身の商売人も多かったため、いわゆる「値切り」に遭ったり、なかなか思うような売り上げにつながりませんでした。

「どうしたものか……」

と考え続け、たどり着いたのが役所との取引です。簡単にいえば、役所だったら親方日の丸だから、取引さえできれば、お金の回収の心配はないと思ったのです。

会社へ提案すると、

「おまえは茨城県出身だから、茨城と栃木を担当すればよい」

と言われ、まずは茨城県に手をつけることにし、市町村回りに取りかかりました。

現在は市町村合併などで茨城県の市町村は44ですが、1960年代当時は92の市町村がありました。それらの市町村役場すべてに営業に出向き、そのうち80数件の受注をいただいたのです。ウソみたいな話ですが、9割程度の受注です。一方、栃木県は当時54あった市町村のうち17件の受注でした。やはり出身県とそうでないのとでは大きく違いました。そして、最終的には茨城県庁へと販路を広げるまでになったのです。

この時、私は何をPRしたのか——。

市町村役場に何度か足を運んで、ただ単に、

「注文をください」

というのでは受注はできません。私が売ったのはシステムでした。事務の効率化を図るためのシステムです。簡単にいえば、

「事務処理のうえで、こういう点を改善すれば、仕事の効率がよくなりますよ」

と自社製品を絡めた提案をし、営業したのです。

今ではコンピューターでの会計システムが一般的ですが、当時はコピー機が出始めのころで、経理の仕事はすべて手書きでした。売上帳から仕入れ帳までをノート（帳簿）から転記して作成するという、非常に手間と時間がかかる作業を行っていたのです。

しかし、伝票会計システムを用いれば、この転記作業が不要となります。1枚の伝票に記入すると、ワンライティングで複写紙によって4枚、5枚と複数の伝票が複写されますので、これを別々の帳簿、売上帳、仕入れ帳などにとじることで、目的別の帳簿が完成するのです。伝票の記載事項を別の帳簿に写し取る転記作業を大幅に削減することができるほか、転記ミスという問題も解決できました。さらにそれまで10日かかっていた事務処理

期間が2日に短縮できます。もちろん伝票会計システムを導入してもらえれば、4～5枚の伝票をひとつづりにするわけですから、印刷物は4～5倍に増え、私の会社にとってのメリットも大きなものでした。

伝票会計システムは、当時、私の会社だけでなく大手の凸版印刷、大日本印刷をはじめ、多くの印刷会社が導入をPRし、一種のブームのような勢いがありました。会計処理を含め、ビジネスにおいて少しずつシステム改善が行われた時代だったのだと思います。

私の会社の上層部にも、この伝票会計システムを研究している人がいたようです。それを社員に教える形で、

「営業は〝システム〟で売ったほうが強い」

とアドバイスを受けたわけです。もちろん私も伝票会計システムについて勉強をしました。つまりは事務改善です。旧来の事務のやり方ではなく、新しいシステムを導入することで、これだけ仕事の効率が上がるということを説明するのが、セールストークとなるわけです。

私が伝票会計システムをPRする際には、必ず総務部や企画室のような部署へ足を運んだり、連絡を取ったりするようにしました。

「事務改善についてお話をしに来たのですが、少しお話を聞いていただけますか。こちらの役所では、どのようなシステムになっていらっしゃいますか?」

と話をすると、多くの人たちが興味を持ってくれました。ただ、地方の場合、

「よそ者は嫌だ」

と、排除する傾向もありますので、すぐにすべてに受け入れてもらえたわけではありません。しかし、仮にそうであっても何回も笑顔で行くうちに、

「また来たんですか」

と言いながらも話を聞いてくれるようになるものです。

何回も足を運ぶ中で、伝票会計システムを導入してくれる役所もたくさん出てきました。役所関係は、近隣の役所同士がみんなつながっています。ですから、どこか1か所で話を聞いてもらって受注ができれば、発注元の役所のほうから勝手にそのシステムについて情報を広めてくれたのです。

当時、いくつかの役所が参加する「改善委員会」があったのですが、そこに参加されている担当者の方から、

「飯島さん、一緒に来てくださいよ。俺だとシステムについてわからないところがあるから、説明してほしいんです」

とお願いされることもありました。もちろんお引き受けし、そこからまた販路が広がっていくのです。

最初の役所の受注が決まるまでは大変でしたが、それ以降は思いのほかスムーズに進みました。

そして、その一番大きい案件が県庁でした。

サラリーマンの悲哀。販路拡大に上層部からのストップ

その後、この勢いのまま一気に栃木県、福島県、千葉県、神奈川県へシステムをＰＲしようと上司に提案書を出しました。

しかし、上司の答えは、

「飯島くんは行く必要がない。その地域にはすべて担当者がいるから、彼らに私から行くように指示を出す」

というものでした。

これで本当に担当者が営業に出向くのであれば、私も仕方がないと思えたのでしょう

が、上司から言われたからといって素直に行く人も、ましてや粘り強く営業し続ける人も、当時のアコーダー・ビジネス・フォームにはいませんでした。さすがに私も頭にきてしまい、「それなら!」と東北の青森県、岩手県、宮城県、山形県などの県庁に片っ端から連絡したのです。

まずは何度か手紙を出して、茨城県で伝票処理システムの導入により飛躍的に事務改善が行われた実例を挙げ、

「よろしかったら、一度お会いしてご説明させていただけませんか」

と、自分の名刺を同封した手紙を少なくとも2~3通送りました。そのうえで電話を入れると、

「あ、飯島さんですか!」

と私の名前を覚えてくれている人さえいたのです。これには私も驚きましたが、うれしい思い出です。

茨城県庁との営業でやり方を覚えましたので、そのノウハウを持って営業トークをすればよいわけですし、事務改善が進めば事務効率が何倍もよくなるのですから、各県庁にとってもメリットが大きい内容です。

茨城県庁の担当者に、

「青森県や山形県などの県庁へのお取り次ぎをお願いできますか？」

と伺うと、

「システムが契約になれば、茨城県庁の名誉にもなるので喜んで取り次ぎしますよ」

と快諾してくれました。

東北の各県庁の担当者へのアポイントも取れ、さっそく現地で3日ほどかけて説明するための予定表を作り、上司に出張を申し出ました。

ところが――。

なんと上司から東北行きにストップがかかってしまったのです。

「東北は東京から遠い。わが社でそこまでやる必要はない」

それが理由でした。サラリーマンですから、会社や上司の許可なしに動くわけにはいきません。商機があるのに自ら手放す上司に憤然たる思いを抱きながらも、あきらめるしかありませんでした。

サラリーマンには限界があることを、あらためて思い知った出来事でした。

1か月半の納期遅れで茨城県庁出入り禁止

東北への営業にストップがかかったのとほぼ同じタイミングで、とんでもない事件が起こりました。茨城県庁から受けた仕事の納期が1か月半も遅れてしまったのです。

ちょうど、「よど号ハイジャック事件」が世間を騒がせていたころですから、1970（昭和45）年ごろだったと思います。

最悪なことに、納品する品物は自動車税の督促状でした。これが県民に届かなければ県に税金は入ってきません。県の税務課の課長など、関係者はみなさんカンカンです。それは当然のことだと私も思いました。

遅れた原因は何かといえば、封筒業者のわが社への納入が遅れたためでした。印刷する時間が足りなくなってしまったのです。もちろん、印刷の時間はあらかじめ計算してありましたし、多少の封筒納入の遅れであれば、なんとかなったかもしれません。

少し技術的な話になりますが、督促状に使用する封筒は「ろう引き封筒」というものでした。これは封筒の紙の表面に、ろうそくと同じろうを染み込ませる加工を施した封筒です。この加工をすることで、防水性や耐久性が高まるほか、紙が透けやすくなるのが特徴です。この封筒を作るには特殊な技術が必要とされたため、全国に2～3社しか技術を持っている会社はありません。その技術を持つ業者から封筒を購入して印刷をし、その後、県庁に納めるという段取りを踏みます。

ところが、その封筒業者は、私が発注したあとに千葉県庁から同様の仕事を受けたらしいのです。その注文量は、明らかに千葉県庁の仕事のほうが多かった。つまり、その業者は、先に受注した私からの仕事を後回しにして、あとから受けた千葉県庁の仕事を、注文量が多いからと優先させたのです。これは契約違反ですし、ビジネス倫理上もあってはならないことです。

実際に納期が遅れることがわかったのは、発注してからずいぶん経ってからでした。封筒が工場から入ってこないとは、思いもよらない失態でした。とはいえ、県庁に余計な言い訳をするわけにもいかず、担当者の方には「遅れる」としか言うことができません。県庁に対して、私には謝ることしか残されていませんでした。納期が遅れることを文章にして、毎日のように県庁に謝罪に行きました。口頭で言うだけでは私のことを信用してくれなかったのです。しかも謝罪に出向くのは、わが社では私だけ。

「俺は忙しいから」

と上司は逃げてしまい、一度も県庁に顔を出すことはありませんでしたし、助け船を出してくれることさえせず、われ関せずの姿勢を貫くのです。

この失敗で思いました。

「こんな会社にいてもなんの意味もない」

私の中で、上司や会社を見限った瞬間とでも言えばよいでしょうか。

上司が体を張ってくれないのですから、部下である私が安心して仕事ができるわけがありません。上司の中には、山一証券の取締役営業部長まで務めた人や、早稲田大学理工学部卒の頭のよい人もたくさんいました。しかし、そんな人たちが誰一人として動こうとしてくれなかったのです。

今考えると、会社の上の人たちは体を張った仕事をした経験がなかったのかもしれません。社長は2代目でしたし、上司もいかにもサラリーマン然とした、事なかれ主義の人たちばかりだったのです。関連子会社であるアコーダー・ビジネス・フォームに来て、定年まで波風立てずにまっとうできればよいという心積もりだったのかもしれません。誠に残念なことです。

結局、納期を1か月半遅らせてしまったことで、結果としてわが社は茨城県庁から「出入り禁止」を言い渡されました。

この件は大変苦々しい出来事ではありましたが、その後は当然、納期についてさらに慎重になりましたし、下請けの業者は得てして平気でうそをつくことがあることも勉強させられた一件でした。

アコーダー・ビジネス・フォーム時代は、このほかにも茨城県庁の件に類した大小の事案が山ほどありました。徹夜しても印刷しきれない量の仕事を受けてしまい、仕方がないので明け方まで印刷機の脇で待ち続け、朝一番で納品しに行ったこともあります。

工場長からは、

「なんでこんな仕事取ってくるんだ!」

と怒鳴られましたが、そうでもしないとよい仕事は受注できないのです。

もちろん、その仕事は会社に打診したうえで受注したもので、はなからできないものを勝手に受けたわけではありません。「納期が厳しいのですが、受注してもいいですか」と伺いを立て、許可を得て「じゃぁ、やりましょう」と言われたから注文を受けているのです。

ただ、振り返ってみれば、「できる」とは言われなかったので、やはりギリギリの仕事だったのでしょう。当時は、営業も工場の人々も大変な思いをして、必死に働いた時代だったのです。

この茨城県庁の督促状の件は、たくさんの失敗や大変な仕事を経験してきた私の人生の中でも、やはり一番の失敗として思い起こされるものと言えるでしょう。

営業は断られてからが勝負。大失敗から次へのステップへ

結局、茨城県庁への出入り禁止は3~4年ほどになりましたが、その間も私は変わらず県庁通いを続けていました。出入り禁止ではあっても、週に1~2回は必ず足を運ぶようにしたのです。それぐらいのコンタクトを取り続けていなければ、次はありません。これは営業として当たり前のことでしょう。

私が粘り強く足を運んで顔を出しているうちに、県庁の担当者も少しずつ話をしてくれるようになりました。もちろん出入り禁止の業者ですから、規則上、仕事で呼んでくれることはありませんでしたが、

「出入り禁止になってるのに、飯島さん、また来てるよ……」

ということから営業はつながっていくのだと思います。

やはり営業は人と人とのつながりが基本です。今は、パソコンなどを使って取引を完了することもありますし、若い人はパソコンで車を買ってしまうという話も聞きます。

それでも大きな取引となれば、やはり直接お会いするのが基本ではないでしょうか。何より、対面で詰めたほうが話は早く進みます。値段交渉で値引きを要求されても、すぐに検討できるでしょうし、粘ってお互いが納得するよう擦り合わせをするのも、パソコンのメールではなかなか難しいと思います。

「飯島さんだから、仕方がないなぁ」

私も、営業人生において、こんな言葉を言ってもらうことがありましたが、それは、何度も顔を合わせ、信頼関係を築いた結果であり、会社ではなく私個人を信用しての言葉であったのではないかと感謝しています。

税金の督促状の納期が遅れたことが原因で茨城県庁への出入りが禁止となり、茨城県庁の仕事がすっかりなくなってしまいましたが、実はあとから考えれば、それが逆によかったと思っています。もちろん結果論ではありますし、県庁の関係各所には非常に申し訳なかった思いはあります。しかし、茨城県庁への出入り禁止を言い渡されたことで、今度は気持ちを切り替えて東京の区役所の仕事にまい進し、その後、都庁、防衛庁とより大きな仕事に広げていくことができたのです。

茨城県とともに、栃木県の役所への営業もしていましたので、今度は栃木をメインにという考え方もあったでしょう。しかし、社内で成績を上げている人たちを見ると、やはり東京の区役所や都庁、省庁などと取引をしている連中でした。とにかく物量が違うのです。当時、会社では東京の2～3区の区役所の仕事を受けていましたが、それらは担当していた社員が自ら開拓した取引先ではありません。すべて先輩などから引き継いだ取引先ばかりでした。東京には23の区がありますので、営業に行っていない区役所はたくさんあるわけですが、誰も行こうとしないのです。

それなら私が、ということで、東京の区役所への営業に本腰を入れることにしました。

当時、千葉県の松戸に住んでおりましたので、

「ちょっと試しに行ってみよう」

と軽い気持ちで、住まいから近い、荒川区、葛飾区、足立区あたりに営業に向かいました。

最初に行ったのは荒川区役所でした。高校時代の野球部の先輩がそこの職員だったこともあって最初の営業先に決めたのですが、もちろんまったく相手にされず、何度も断られました。3か月間、毎日通ったのを覚えています。

「営業は断られてからが勝負だから」

これは、私の親戚で中村従三さんという山一証券の取締役営業部長まで勤めた方から言

われた言葉です。

「断られてもへたばらないで、続けて足を運んだほうがよい」

と励ましてもらいました。その言葉を胸に日参し続けたのです。茨城県や栃木県で市町村への営業の経験は積んでいましたので、やり方は間違っていないはずです。

3か月が過ぎるころ、ついに荒川区から指名が来るようになりました。この結果を受けて積極的に営業を続けていると、葛飾区、江戸川区、墨田区、台東区、中央区、江東区と次々に決まっていったのです。結果的に23区のうち7区の受注に成功しました。


私が順調に仕事を取ってくると、社内ではいろいろなことを言う輩(やから)が出てきます。

「おまえはいいお客さんをいっぱい持っているから、いいよなぁ」

と言われたこともあります。心の中では、

――何言ってんだ！　いいお客さんは俺が毎日自分で足を棒のようにして新規開拓して勝ち取ったものじゃないか。いいお客さんを持ちたいなら、自分も新規開拓をすればいいじゃないか――

そう思いましたが、

「そうだな。いいお客さん持ってるよな、俺は」

とその場では、話を合わせていました。

不思議なのは、そういうことを言うのは、ほとんどが仕事をしない人間ばかりだということです。仕事に対する姿勢が私とは違いすぎて、議論する余地もありませんでした。

きっと、本人は一生懸命に仕事をしているつもりなのでしょう。そして、結果だけを見ていろいろなことを言うのです。その間に私がした苦労や、費やした時間などには興味すら示しません。どうやったらよいお客さんを持てるのかのノウハウを知りたいのではなく、単に結果だけを見てうらやんだり、ねたんだりしているだけなのでしょう。そういう人はどこにでもいるものです。

数年間日参し、ついに都庁の指定業者に

それまで2~3区だった区役所の取引は、私が受注に成功した7区と合わせて最終的に10区の取引となり、会社の仕事量は格段に増えていきました。それこそ、印刷業務が間に合わないのではないかと心配になるほどです。しかし、若かった私は勢いづき、

「次は、都庁だ!」

と、都庁への営業にまい進しました。

都庁で一番予算が大きいのは主税局です。この牙城は大きく、毎日通い詰めましたが、なかなか仕事につながることはありませんでした。それでも、

「今日こそは絶対に取るぞ！」

と意気込みながら毎日通ったのです。

そんな苦労はありましたが、2年か3年目にようやく都庁の指定業者になることができました。都庁にようやく入り込むことができたのです。

やはり日本の首都である都庁は別格でした。都内で私が新たに受注した7区の仕事量を全部合わせても、都庁のそれには及びません。優にその倍の仕事量でした。

都庁の指定業者になってしばらくしたころ、私は指定業者のとりまとめ役である「幹事長」を引き受けることになりました。今は変わっているかもしれませんが、当時の都庁の印刷関連の仕事は、凸版印刷、大日本印刷の大手2社に、準大手の共同印刷をあわせた3社がすべてを牛耳っている状態でした。

100人、200人規模の中小の印刷会社では請け負いきれない量の仕事でも、大手、準大手の3社であればすぐにできてしまいます。

例えば、中小の印刷会社では半年、あるいは1年の工期でもできない仕事量であっても、大手なら大量生産が可能な優秀な機械を持っていますから、1か月もあれば問題なく納品できることもあるのです。とはいえ、大手以外の指定業者は約200社。中小の私たちからすれば、同じ東京都の業者なのですから、すべての仕事を大手だけが持っていくのはおかしい、と主張していたわけです。当時の都庁の役人たちも、それは理解してくれていたようでした。

幹事長になるということは、簡単にいえば、この大手3社以外の指定業者たちの親分の役割を担うということです。都庁の仕事量は莫大ですから、仕事はどんどん下りてきます。しかし、その7~8割を大手3社が持っていってしまいます。残りの2~3割しか中小の業者には回ってきませんが、それをうまく調整していくことが幹事長の役割でした。

当時も、独占禁止法などで「談合」は禁止されていましたが、現在よりは多くのお目こぼしがありました。中小の印刷会社の生き残りをかけた調整という名目で行われていたのだと思います。

その後も順調に仕事は進み、都庁に続いて、さらに膨大な仕事量となる当時の防衛庁の受注にも成功しました。ここでも中小の印刷会社の幹事長となり、とりまとめ役としてさまざまな調整を経験することができました。

これらの経験は、独立後に茨城県で立ち上げた組合作りの際にも役立ち、よい勉強だったと思います。

一生懸命働いていれば、お金はあとからついてくる

都庁の出入り業者になれたのは27歳ごろのことでした。その前に栃木県、茨城県の県庁などの新規開拓と平行して、区役所通いもしていましたので、本当に忙しい毎日です。

営業先から帰社した時には、会社に残っている社員は誰もいません。

「もう8時半ですから、飯島さんも終わりましょうか」

と2代目社長から声をかけられることもありました。そう言われても仕事が間に合わないほど残っているのです。

例えば、工場へ回す作業伝票や原価計算などの事務処理が山ほどあります。人の何倍も営業し、成果を上げると、その分、事務処理も増えるのです。私からすれば、営業の仕事よりも、事務処理の仕事のほうが大変でした。

取引先から帰社するのは7時ごろでしたが、事務処理に最低でも3〜4時間は費やしていました。それが終わるのはいつも夜の11時ごろです。もちろん社内で帰社時間が一番遅いのはいつでも私でした。あまりにも帰宅時間が遅くなるため、社用車を1台預けてもらい、松戸にあった住居から会社まで車通勤することになったほどです。当時は夜の11時過ぎであれば、高速道路を使わなくても一般道路で30〜40分程度の距離でしたので、ギリギリその日のうちに帰宅できるという日々でした。それでも翌朝5時には起床し、始業時間にはきっちり出社する、そんな生活をずっと続けていたのです。

当時は、がむしゃらに働くサラリーマンのことを「猛烈社員」「企業戦士」などと呼ぶ時代でしたが、私もまさにそんな一員でしょう。しかし、入社2年目の25歳で結婚したこともあり、当初はお金がなくて妻にも大変苦労をかけました。とにかくアコーダー・ビジネス・フォームは給料が安かったのです。こう話すと、

「当時は世間一般、どこもそうでしょう」

と言われるかもしれませんが、そうではありません。例えば、私の従兄弟などの給与と比べても3割程度は安かったと思います。25歳のころに、手取りで2万8000円しかありませんでした。アパート代に1万円、私の小遣いや昼飯代で7000〜8000円、妻

には残りの約1万円で食費など家計のやりくりをしてもらいました。ですから、仕事中にコーヒー1杯も飲めませんし、当時は多くの男性が喫煙していたのですが、たばこを買うお金もなんとか捻出するぐらいの困窮ぶりでした。屋台の安いラーメンでさえ、1杯を夫婦で分け合って食べたこともあります。また、数か月ではありますが、妻に内職をしてもらったり、私には知らされてはいませんでしたが、妻が実家からお金を融通してもらったりしたこともあったと、あとから聞きました。

給与が安かったのは事実ですが、私はそのことを口に出して愚痴るようなことは決してしませんでした。なぜなら、

「自分が頑張って働けば、会社の業績もよくなるのだから給与もおのずと上がるはず。会社の業績を上げるために仕事に励もう」

という考え方を入社当初から持っていたからです。**一生懸命働いていれば、自然にお金はついてくる**ものだと私は考えます。

「給与が安い！」

「会社も上司も最悪だ！」

そんなことを言うのであれば、さっさと転職するか、自分で会社を始めるなりすればよ

いのです。そんな決断もせずに、ただ飲み屋で愚痴を言い合って無駄な時間を費やしている。しかも、そんな文句を言いながらも、最後まで会社にしがみついているのは、そういう連中であることが多いのです。だいたいにして、飲み屋でぐたぐたと上司や会社の悪口を言う輩は、働いていない人、仕事ができない人が多いものです。いや、本人はそのつもりはないでしょうが、私から言わせれば、まだまだ。「愚痴を言う暇があるのなら、もっと働け！」というのが本音です。

こんなふうにがむしゃらに働き続けた結果、入社して3年も経つころには私の営業成績は社内でトップになり、給与もボーナスも上がって生活は楽になっていきました。その後もさらに仕事にまい進した結果、営業成績は退職するまでの7年間連続でトップを続けることができました。

少しずつ稼げる男になっていき、サラリーマンの年収の平均が、1968（昭和43）年で63万5100円、1969（昭和44）年で72万1700円という時代に、私は27歳、28歳でボーナス込みの年収1000万円を稼ぐようになっていたと記憶しています。

そのころには、仕事面でも接待交際費をある程度、自由に使わせてもらえるようになり、飲食やゴルフ接待などの費用はすべて会社持ちとなりました。当時は接待も今以上に行われていた時代です。そのおかげもあってか、さらに仕事がどんどん入ってくるという相乗効果もあったと思います。

振り返れば、最も私の人生の中で気力、体力ともに充実し、仕事にまい進できた時期が、アコーダー・ビジネス・フォームでの数年間だったと懐かしく思い出されます。マルマン時代も含めて、この時期に私の仕事人生の礎が築かれたといっても過言ではないでしょう。

第2章

どうせやるなら
自分の足で立つ

～所帯を持つなら稼げる男に！～

「独立起業する」。それが結婚前の妻との約束

私は大学卒業後、約10年間に渡ってサラリーマン生活を経験しました。しかし、学生時代から独立起業の思いを抱えての会社勤めであったことは事実です。

理由はシンプルに、

「人に使われているだけでは面白くない」

「自分の力で挑戦してみたい」

ということがありました。

そしてもう一つの理由が、妻の博子との約束です。

私が結婚したのは、アコーダー・ビジネス・フォームに入社して1年経った25歳の時でした。結婚を意識し始めたころに妻から、

「子どもたちに十分な教育をさせてあげるにはお金がかかるよ。だから、将来は独立起業してお金を稼いでください」

と言われたのです。

妻は父親が歯科医、母親が眼科医、祖父も医師という家庭で育っています。いわゆるお嬢さん育ちといえるでしょう。妻の気持ちとしては、子どもたちから、「医学の道に進みたい」と言われたとしても、経済的理由でそれをかなえてやれないということはどうしても避けたかったのではないかと想像します。

ずいぶん昔の話ですので、私の記憶はあいまいではありますが、このことは妻と交際する前にも話に出ていたようで、

「お父さんとおつき合いする前に、喫茶店かどこかで『私の実家を超えてね』とお母さんがお願いしたら、お父さんが『それは、ちゃんとする』と答えてくれて、誠実な人だと思えたからおつき合いをすることにした、と以前お母さんが言っていた」

と娘が教えてくれました。

それでも、サラリーマン時代に1000万円は稼いでいましたし、勤務先の会社の業績も悪くありませんでしたので、妻とのこの約束がなければ退職することなく、そのまま会社に残った可能性も否めません。

「妻との約束が独立起業の意思を強くした」

これは間違いないだろうとあらためて思います。妻と結婚したからこそ、私は自分の会社を設立したのです。

いろいろな苦労もありましたが、起業できたことは私の人生のメインイベントであり、起業をして本当によかったと今でも思います。

妻との出会いが、私の人生を、サラリーマン人生から、自分の足で立つ起業家、経営者の人生へと変えてくれたのだと感謝しています。

円満退職で「立つ鳥跡を濁さず」

当時の私の人生設計では、30歳で起業するのが目標でした。しかし、人生、計画通りにはなかなかいかないもので、起業は予定より少し先送りになりました。理由は、1973（昭和48）年の第1次オイルショックの影響や、会社から退職を慰留されたことなどがあります。

当時の私の役職は、年齢がまだ若いこともあって課長止まりでしたが、

「部長へ昇進させるから、退職は考え直してくれないか」

との話もいただきました。私に迷いはありませんでしたが、それでも半年〜1年近くは

会社との話し合いが続いたと思います。「立つ鳥跡を濁さず」ではありませんが、円満に退職するために、少し時間がかかってしまったのです。

実は、私が辞意を会社に伝えたころ、先に退職した社員が独立したり、転職したりした際に、自分が担当していた元顧客と取引をする人がいたようです。いわゆる〝顧客の引き抜き〟です。辞意を会社に伝えた時、私の営業成績はトップでしたから、会社側も私にお客さんを取られることを警戒したのでしょう。私はそんなことは毛頭考えていませんでしたが、会社側が神経質になるのもわかります。

私自身は茨城県で会社を興してからも、

「利根川から東京方面には決して行かない」

つまり営業をかけないと決めていました。男として、そんな仁義にもとることは絶対やらないと心に誓っていたのです。その姿勢が通じたのか、退職後もアコーダー・ビジネス・フォームとはお互いにうまく助け合う、よい関係を築けました。

例えば、茨城県内で私が大量の仕事を受注した時、当時の私の会社では賄いきれない仕事量であったとしても、アコーダー・ビジネス・フォームの工場であれば、問題なく納期に間に合います。ですから、起業後に、うちで切り盛りしきれない仕事量を受けた場合は、アコーダー・ビジネス・フォームにお願いしていました。退職後に前の勤務先と互いに協力し合えるのは、円満退職したからにほかなりません。そういう関係作りは、とくに、まだ資金力も信用もなく、取引先も少ない設立間もない会社にとっては重要だったとつくづく思います。

ただ、起業後も前の勤務先と仕事上でのよい関係を保ちたいという理由だけで、「利根川を越えて営業しない」と決めていたのでは決してありません。起業するのであれば、前の会社の顧客をもらってしまうとか、人を頼るとか、そんな程度の低い志を持っているようでは、絶対にダメだと考えていたからです。起業するなら、「多少の苦労はあっても、一から全部自分でやるんだ！」という心構えが必要だと思うのです。

例えば、お金を貯蓄することを考えてみてください。誰でも最初の100万円を作るのは大変でしょう。30歳前で給与も少なければなおさらです。ところが、100万円を作るノウハウができれば、500万円を作るのは1000万円を作るよりも短期間で達成できます。500万円できた人は1000万円も想像以上にすぐに作れるはずです。同様に、1000万円を簡単に作れる人は、5000万円だってすぐできるし、5000万円できる人は1億円もすぐにできるものなのです。

つまり、最初の一歩、出発点はとても大切だということです。

100万円作れたということは、苦労しながらも、そのノウハウを学んでいるはずです。

そのノウハウを身につけることができれば、その後も大きく成長できますし、その先も自信を持って進めます。

お客さんを新規開拓することもなく、前の会社の顧客を引き抜いて楽をすることは、最初はうまくいくかもしれませんが、本人は何も学べませんし、成長もないので長くは続かないのです。

結局、1年弱の期間をかけてしっかりと会社側と話し合いを行った結果、私は34歳で無事に円満退職の運びとなりました。辞表が受理された後には、妻と子どもたちとともに箱根の小涌園へ温泉旅行の招待を受け、楽しい時間を過ごすことができました。また、退職した年が、ちょうどアコーダー・ビジネス・フォームの創業20周年でしたので、それを記念して精工舎（現・セイコー）製の時計もいただきました。

立つ鳥跡を濁さず。

起業をするうえで、とても大切なことだと思います。

茨城県つくば市に東日本印刷株式会社を設立

1975（昭和50）年、茨城県つくば市上ノ室に東日本印刷株式会社を設立しました。資本金は1000万円、私が34歳の時です。

20代のころから、将来は会社を興したいと考えていた私は、起業するなら最低でも2000万円以上は準備資金が必要だと考えていました。そのぐらいはなければ何もできませんし、何をやるにしても資金計画は大切です。サラリーマン時代は、自分の体さえ会社に持っていけば、すべて会社持ちでしたが、起業するとなると、極端にいえば鉛筆1本からノート1冊に至るまで、全部自分で用意しなければなりません。

起業する2～3年前には、自分の会社を建てるための土地も購入しました。そこに会社の建物を作り、印刷機械も用意するつもりでした。そのほかに、営業活動のための資金も必要となります。茨城県で起業し、今よりも土地の価格が安かったこともありますが、それでもやはり2000万円以上はかかりました。

サラリーマン時代は給与やボーナスだけでなく、今でいう副業的なものや、株取引なども行っていました。当時はすべてがうまく回る時期だったようで、26歳か27歳のころに初めて千葉県の松戸で購入した建て売り住宅を2年後に売りに出したところ、購入金額の倍の価格で売れたのです。左官屋さんを頼んで見た目を新築のようにきれいに修繕したのが功を奏したのかもしれません。

また、持っていた株もどんどん値が上がったため、それほど苦労することなく目標の2000万円以上の資金を準備できました。

つくば市に会社設立を決めたのは、私の出身地が茨城県だったこともありますが、1970（昭和45）年に筑波研究学園都市の建設に関する総合的な計画が策定され、「筑波学園都市法」が施行されたことが一番大きな理由です。それ以前のつくば市にはそれほど大きな市場もありませんでしたが、筑波研究学園都市の開発が進めば筑波大学をはじめ大学や国の研究機関、民間の研究団地なども数多く整備されることになりますので、「やる気があれば、取引先はいくらでもある」

と見越して選んだのです。

注文が取れるかどうかは別問題として、とにかく営業先がいくらでもあるということが重要でした。遠くまで営業に出向かなくても目の前にある営業先を開拓していけばよいのですから、こんなに恵まれたことはありません。都庁や県庁、省庁への営業はすでに経験していましたから、そのノウハウを使ってサラリーマン時代と同様、今まで通りに一生懸命、新規開拓に励みました。よくある「故郷に錦を飾る」といった気持ちはまったくなかったのです。

ピンチ！　会社設立1年半で準備資金が底をつく

起業の際には、「独立起業するからには、サラリーマンとして勤めていた会社より自分の会社を大きくしよう」という思いを強く持っていました。

しかし現実はそれほど甘いものではなく、設立してから1～2年目の経営は厳しいものでした。営業先は山のようにありますが、簡単に仕事が取れるわけもありません。とくに1年目などは、まったくといってよいほど仕事がありませんでした。

ある程度はそんな状態を覚悟していたものの、その想像をはるかに超えていました。私の感覚からすれば、予定の4倍は準備資金が必要だったと思います。設立時の計画は大幅に狂い、修正を余儀なくされました。準備した資金も早々に底をつきかけていましたし、あまりに狂う予定に2年目には妻が心配し始め、私の苦境を見かねた前の会社の人からも、「席は空けてあるよ。大変だろうから、うちに戻ったらどうだ？」

と声をかけてくれたほどです。

印刷業ですから、印刷機などの設備投資も必要でした。最初は必要最低限の小さな機械を購入しましたので、それほど大きな金額ではありません。しかし、この設備投資には失敗したと思っています。機械についての専門知識がなかったこともあり、新品の機械を購入してしまったのです。

例えば車を購入する場合、新車価格が500万円の車でも、中古車であれば200～250万円で買えることもあります。新品にこだわる必要はなかったのです。そういう部分では完全に私の勉強不足でした。

経営面で私をサポートしてくれる右腕といった存在はいませんでした。前の会社の人に相談することもなく、会社設立に関しては、土地選びから、機械の選定なども含めてすべて私一人で行ったのです。今なら、ああすればよかった、こうすればよかった、と改善できる点や反省する点はいろいろとありますが、当時の私にとっては、あれが精一杯だったのだと思います。

実際に仕事を始めた当初は、私と妻、それに私の弟の3人でのスタートでした。

妻には経理と電話番、弟に工場を任せ、私が営業を担当するという最小限の人数です。

弟とは年齢が離れており、私が会社を興した時点では、まだ大学を卒業したばかりでした。1年ほどほかの印刷会社へ修行に行かせ、印刷のイロハを学んでもらった後に23歳で私の会社に入社しました。弟が修行をしている1年の間は、私は新規開拓のための営業に日々まい進していました。

最初はなんでもやるしかありません。東京で営業していたような事務改善などとは言っていられませんでした。しかも、東京で行っていた事務改善のブーム的なものもすでに終わっていたのです。とにかく小さい仕事でも顔を売るためと割り切り、極端にいえば名刺や年賀状、チラシなど、なんでも受注していました。「儲けが少ないので小さい仕事はやりません」では通らないのです。

私は日々、あちこちへ営業に励んでいましたが、実態は印刷会社とは名ばかりの、いわゆる町の印刷屋のような仕事ばかりがしばらくは続いていたのです。

最初の2年間はそんな状況が続き、3年目になってやっと会社が動き始めました。

その後、4～5年目からは日々の営業活動が大きな実を結び、会社の業績は、ぐんぐん伸びていきました。

茨城と東京の印刷業界の時差は20年？

その後も東日本印刷は順調に売上を伸ばして少しずつ事業も大きくなり、１９８２（昭和57）年に水戸営業所、１９８５（昭和60）年に東京営業所を開設することになります。東京営業所の開設数年前には、少し無理をして葛飾区四つ木に土地と家を購入していました。常磐自動車道や水戸街道で茨城方面への交通の便もよかったので、当初はそこに開設し、１年少し経ったころに日本橋へ移転させました。

すでにアコーダー・ビジネス・フォームを退職してから10年が経過していました。私の会社で受けた仕事も数多くお願いして会社同士の信頼関係も構築できていたので、「そろそろ利根川を渡って、東京に出てもよいだろう」という判断でした。もちろん開設前にはアコーダー・ビジネス・フォームにも話をさせてもらったうえでの東京進出です。

東日本印刷は本社をつくば市に置いていましたが、

「東京のお客さんを相手にするには、東京に出て行かなければどうにもならない」

というのが私の考えでした。当時は、

「つくばの会社です」

と名刺を出しても、東京の会社でなければ下に見られることがあったのです。やはり東京営業所を開設しなければ、東京では仕事にならないというのが本当のところでした。

また、別の理由もありました。

例えば、茨城県内だけで仕事をしていると、「井の中の蛙（かわず）」ではありませんが、この地域だけの話で終始し、ほとんど軋轢（あつれき）もなく、ぬるま湯の中で仕事をすることになってしまうのです。

私の会社が順調に伸びていったのは、私の東京でのサラリーマン時代に培った仕事のノウハウがあったことが最大の理由です。

今では多少状況が違うかもしれませんが、当時は茨城と東京の仕事のレベルには雲泥の差がありました。私の感覚でいえば、20年は優に東京から遅れていたと思います。本当に驚くほどにまったく違うのです。

私自身、弱肉強食の東京のビジネスの世界で10年間を生き抜いてきました。しかし、つくばでは、そのような食うか食われるかの状況は一度たりともありませんでしたし、私がかつて出会った前述したような「営業のプロ」などという人も皆無です。よく言えば、茨城の人たちは、のんびりしていて東京の人のようにガツガツしていないということなのでしょうが、私の目には、向上心が見受けられず、基本姿勢は現状維持をよしとしているように映っていました。

「東京で蓄積した10年のノウハウ、スキルという〝かすみ〟で、何年間かは食べられた」と私はよく言っていました。東京とつくばでは差がありすぎるので、そのレベルの差であるかすみを食べていれば、会社は維持でき、生き延びることができたという意味です。

しかし、年月が経てば、その10年のノウハウ、スキルもやはり色あせてきます。

「俺は東京で7年間営業成績トップだったんだ！」

などと過去の自分を過信したり、思い上がったりするのではなく、また新しく勉強をする必要がありました。

東京に営業所を出したといっても、立地で仕事が取れるというわけではありません。水戸営業所にしても同様です。水戸の場合は、茨城県の県庁所在地である水戸に営業所を出すことで、その土地ならではの商売の方法も含めて、時代に合った新たなビジネスのノウハウを培っていくということです。

そういう考えからすると、やはり東京に営業所を出して、もう一度東京のビジネスのノウハウを勉強しなければ、私の会社も、以前私が感じたような「東京とはレベルの違いすぎるつくばの会社」に成り下がる、そんな危機感を持ったのだと思います。

「営業」とは名ばかりの御用聞き

前述の通り、茨城県で仕事をするのであれば水戸に出ていく必要がありました。茨城県の場合、ある程度の規模の会社の大部分の本社は水戸にありますから、水戸に営業所があるだけで仕事がやりやすくなるのです。立地だけが問題ではないものの、名刺に「水戸営業所」と記載されていれば、

「ああ、こっちに来て一生懸命やっている会社なんだな」

と認めてもらえたのです。

水戸には水戸のやり方がありましたので、それもしっかり覚えなければなりません。ただ、口には出せませんでしたが、そのやり方は古すぎて閉口したのを覚えています。水戸だけでなく、土浦にしてもつくばにしても同様でした。

私の会社があったつくばには、当時も10軒ぐらいの同業者がいました。その中でまともにやっていたのは2社か3社だったと思います。そのほかは従業員を雇っていない家族経営の家内工業で、印刷会社とは名ばかりの町の印刷屋レベルの会社でした。映画『男はつらいよ』に登場するタコ社長の印刷屋のようなイメージといえばわかりやすいでしょうか。

土浦の場合は、印刷会社が20～30軒はありましたし、水戸に至っては40～50軒はあったと記憶していますが、つくばだけでなく土浦も、そして水戸さえも、古いビジネススタイルに固執し、新しいことを勉強する姿勢はありません。営業で注文を取るという商売の基本的なシステムさえない会社が多かったのには驚きました。

「そんなふうで、どこから仕事が来るんだ？」

と私は不思議でなりませんでしたが、よくよく見聞きしてみると、昔からのその会社の〝顔〟で流れてくる仕事をただ受けるだけなのです。

水戸となれば、かろうじて営業らしきものがいる会社もありましたが、俗に言う〝御用聞き〟を二人ぐらい使っているレベルでした。しかし、それらはあくまでも御用聞きで、

「今日は何かありますか？」

と、ひと昔前に酒屋や鮮魚店が一般家庭に顔を出していたのとなんら変わりません。東京で営業を経験してきた私からすれば、それは営業の体をなしているとは言えないものでした。

「これでは時代についていけない……」

正直そう思いました。仕事の知識、ノウハウ、商売に関するすべてが、東京と比べれば、お話にならないほど遅れていたのです。

東日本印刷では、東京でやっていたのと同じように注文は営業が取るシステムでしたから、お客さん側も驚いたかもしれません。お店などに注文を取りに来る業者など、当時は茨城にはほとんどいなかったのですから。

しかし、わが社は新しい会社でしたので、何もしなければ誰にもその存在を知られません。まずは粗品を持って、

「つくばで新しく始めた会社です。どうぞよろしくお願いします」

と、あいさつ回りをすることから始めました。

すると、あちこちで、

「おまえ、何をやってるんだ！」

と怒りをあらわにする声を聞きました。つまり、

「俺の市場を荒らした」

ということです。注文を受けたわけでもなく、あいさつしただけでこのありさまです。

とはいえ、経営者となったからには従業員を食わせていかなければなりません。いろいろと難癖をつけてくる会社には、市場を荒らしているわけではないということを理解してもらうために、

「自分の会社の資料を作ってPRをしているだけだ」

ということをあいさつがてら説明しにも行きました。

このように、最初はいろいろと言われることもありましたが、同業者への理解を求めるのと同時に、これまで培った営業力を駆使して、足しげくあいさつ回りを続けたのです。


この後、つくばの印刷業の組合作りにも5年をかけて奔走しました。やり方が古いうえに、それを変えようという考えも持っていない会社が多く、さらに、新しい人や会社を排除しがちな風土もまだまだありました。そういう状況の中で、私のようないわば新参者が中心となり、まとめ上げるのですから、その苦労は筆舌に尽くしがたいものがあったのを苦々しく思い出します。

従業員が働きやすい社内環境作り

サラリーマン時代から、会社や上司への不満を持つ同僚を数多く見てきたこともあり、経営者となってからは、私なりに従業員が働きやすく、仕事にやりがいを持って打ち込める環境作りにも配慮してきたつもりです。

給料やボーナスについては当然ですが、人事評価表なども取り入れました。会社や上司から一方的に評価を受けるのではなく、従業員自身が仕事における目標や達成度などを書き入れ、自分の仕事について自己評価するのです。

また、提供する商品の品質やサービスが水準以上であると認められた時に得られるISO（国際標準化機構〈International Organization for Standardization〉）認証も受けました。これは業務や品質管理を継続的に改善することにつながりますし、業務手順や役割、責任を明確にすることも可能となります。当時は茨城県におけるISO認証を推進させるための委員会に参加し、委員長もやっていました。

そのほか、年末年始の休みには、社員に「今後、会社をどういうふうにしていけばよいか自分の意見を書いてほしい」という課題を出したこともあります。年明けの仕事始めに提出してもらい、よい案だった場合は提出した従業員に報奨金を出すことにして、多くの意見が集まる工夫をしたのです。

ある従業員の意見が採用され、工場で音楽を流すようになったこともありました。私には少し不安もあったのですが、採用されたのですから仕方ありません。当時はまだラジカセの時代でしたので、数台購入して好きな音楽のアンケートを取って流したのですが、演歌ばかりになってしまって困った……などということも懐かしく思い出します。

社内環境作りの中で一番大変だったのが、注文から納品までの工程システム作りでした。これは、私が主導して行いました。どこかで教わったわけでもない独学でしたが、工場長に聞くなどして、勉強しながら基本システムを作り上げました。

例えば、「白」「赤」「黄」「青」の4種類のマグネット式のカードを作って、

「白」＝自由度が高く、まだ余裕のあるもの
「赤」＝納期がギリギリで、絶対予定を動かせないもの
「黄」＝少し予定が厳しいもの
「青」＝まだ余裕があるもの

といった具合に、それぞれの仕事についての情報をひと目でわかるように可視化させたわけです。マグネット式のカードにしたのは、ホワイトボードにその都度書き込むのは手間と時間がかかるため、効率を考え、ポンポンと簡単に貼れるように工夫したのです。

基本システムの大部分は私が作りましたが、「もっとこうしたほうが効率的ですよ！」と、社内からさらによい案が出てくるのはなかなか難しい状況でした。

このため、私自らが改善策を提案して、それを自ら実行する。そしてさらなる改善策を

考え、またそれを私が提案する……ということが日常となってしまいました。

実際のところ、システム作りには、注文から納品までを1から10まで把握していることが大前提ですから、指示されたことを確実にこなせるベテラン従業員であっても、工程を組んだり、適材適所に従業員を配置したりすることはできないわけです。このように、仕事全体を俯瞰して見ることができる従業員が育たなかったのは、当時も今も残念でなりません。

「仕事も遊びも目いっぱい」を実現する3連休制度導入

近年、日本では「働き方改革」が叫ばれ、2021(令和3)年6月に閣議決定された政府の「経済財政運営と改革の基本方針2021」に、働き手の希望に応じて週休3日を選べる「選択的週休3日制」の普及を盛り込んだというニュースもありました。

今では当たり前になっている「完全週休2日制」は、1965(昭和40)年に松下電器産業(現・パナソニック)が導入したのが最初の事例といわれているようです。

私が働き始めた1960年代は土曜日の出勤は当たり前でした。隔週で土曜日が休日になるなどしたのは１９９０年代から、土曜日が完全に休日になったのは段階を踏んだその後……というのが一般的だったと思います。

そんな中、私の会社では１９８０年代から月に１度の「３連休制度」を取り入れることにしました。

これは、従業員を〈金曜日・土曜日・日曜日休みグループ〉と〈土曜日・日曜日・月曜日休みグループ〉の２つに分け、月に１回ずつ３連休を取るというものです。

私が月に１度の３連休制度を導入したのは、月に１度でも従業員にゆっくり休んでもらい、その分、出勤した際にはしっかり働いてもらいたいという思いからでした。通常の土日の休みは、心身の休息や、家の用事などでつぶれてしまうことも多いので、月に１度でも３連休があれば、何か好きなこともできるはずだと考えたのです。実際に、この制度の導入後は、しっかり休んだことで仕事の能率が確実にアップしました。

私は、仕事が好きですし、サラリーマン時代はいわゆる猛烈社員として、経営者としても寝る間も惜しんで仕事をしてきました。しかし、

「人はなんのために生きているのか――」

と問われれば、働くために生きているのでは決してないと答えます。

人は、仕事以外のやりたいことを自由にするために生きているのだと思います。好きな

ことをするために、いくらかのお金は必要です。そのために仕事をするのです。もちろん、「家族に不自由ない生活、できれば少しはぜいたくできる生活をさせたい」というのが、その人のやりたいことであれば、もう少しお金は必要でしょう。

仕事だけの人生というのは、人間の本来の生き方では決してありません。人生の喜びを感じられる生き方をする手段としてのお金を得るために仕事をするというのが私の基本的な考えです。

仕事をする時には目いっぱい仕事をして、遊ぶ時や、好きなこと、やりたいことをする時には目いっぱい楽しみ、没頭する。これが月に1度の3連休制度を取り入れた理由です。

怒りと情けなさがうずまく従業員からの裏切り行為

会社を興してから最初の数年間は仕事がなかなか取れずに苦労をしましたが、32年間の会社経営の中では、それ以外にもさまざまな苦悩がありました。中でも従業員の裏切り行為は、怒りとともにいいようのない情けなさがありました。

細かいものは覚えていませんが、被害額が大きかった2件は今でも記憶に残っています。

一つが東京営業所所長の約3000万円の着服でした。

この件では自分の管理体制の甘さを思い知らされました。当時は、東京営業所と水戸営業所に社印を預け、信頼して決済まで任せていたのです。しかし、事務をしていた女性従業員とグルになってやられてしまっては管理しきれません。従業員への信頼は大切なことですが、そのうえでしっかりとした管理が必要だと学びました。

その着服が発覚してからは営業所に社印は預けず、すべてを本社決済に変更して、領収書なども営業所は発行しないことにしました。


もう一件は、最後まで発覚しない可能性もあったものでした。私の遠縁にあたる人から、

「なんとかおいを使ってくれないか」

と頭を下げられて入社させた元・山一証券の証券マンで、私よりも年配の従業員が起こしたものでした。どうやら山一証券でも問題を起こしたらしく、仕事も家庭もなくした状態だったのですが、頼まれたものは仕方がないと受け入れたのです。

そういう小賢しいというか、ずる賢い人間はどこにでもいるものですが、彼らは発覚しないように、ある意味上手に事を進めるため、なかなか見抜くことはできません。

その従業員の場合は、自分で勝手に口座を作り、役所からの支払いをその口座に振り込

ませ、そのまま自分のものにしていました。当時は、役所に納品した仕事については必ず支払いの通知が電話かはがきで届いていました。この時も役所からの通知があり、発覚したのです。

一般的に、製品を納品したら売り上げを計上し、振り込みを待ちます。振り込みがなければ誰でも「おかしい」と気づきますが、その従業員は売り上げ自体を会社に報告していなかったため、帳簿上は、その仕事はなかったことになっていたのです。

これでは、経理としてもチェックのしようがありません。一応、本人との話し合いの場は持ちましたが、彼は「やりました」とは決して言いませんでした。損害を賠償してもらおうとも考えましたが、いくら着服されたのか会社側もわからないという事態です。なんともしがたい状況となり、年老いた親御さんに話をして少しは回収できましたが、大部分は不明のまま、この件は幕を閉じざるを得ませんでした。

最盛期には年商約10億円を達成

東日本印刷は、設立当初の大変な時期を経て、おかげさまで水戸市役所や茨城県庁をはじめ、当時の防衛庁など、中央官庁との取引もさせていただきました。そのほか、ＪＲＡ（日本中央競馬会）の大きな仕事も経験しました。

順調に売り上げを伸ばし、最盛期には従業員も35名になり、年商は10億円ほどあったと思います。

プライベートでも、自宅以外に別荘を大洗、那須、筑波山、霞ケ浦北浦と4つ所有することができました。また、会社が順調だった時期に子どもたちの進学が重なりましたので、長女と長男は歯科医を目指して歯科大学へ、次男も希望する私立大学へと送り出すことができました。

「子どもたちに十分な教育をさせてあげるにはお金がかかるよ。だから、将来は独立起業してお金を稼いでください」

という若かりしころの妻との約束も果たすことができました。

一緒に会社を切り盛りしていくうえで、妻にも思うところはあったに違いありませんが、最終的には経済的な苦労だけはかけずに、子どもたちにも十分な教育の機会や環境を与えてやることができました。

少なくとも会社を興し、成し得たこれらのことは、私の人生において誇れるものだったのではないかと思っています。

第3章

「愚直にコツコツ」に勝るものなし

～現在に通じる人生の心構え～

「何ごとも最低10年」の姿勢で取り組む

私はこれまでの人生において、「何ごとも最低10年」と心に決めて生きてきました。2〜3年で何か事を成そうとしても、だいたいは失敗します。最低10年は続けてやらなければダメだということです。

駆け出しで2〜3年、5年でやっといくらかできるようになり、まともになるのが10年という計算です。とくに仕事においては、経験上そう考えるに至りました。仕事をある程度理解するためには、誰でも時間がかかります。その前に辞めてしまえば、その人は能力を発揮することができません。それは、非常にもったいないことだと思うのです。

「俺にはこの仕事は向いてない」

と言う人がいますが、最終的に自分で選んで入った道なのですから、そんな言い訳をしても仕方がありません。

「今の若い人は我慢が足りない!」

などと言うつもりはありません。私が働いていた当時から、2〜3年も持たず、1年であきらめてしまう人はたくさんいました。中には2～3年ですべてがわかったような顔をする人もいます。しかし、ほとんどわかっていないというのが実情でしょう。その業界で2年や3年仕事をしてすべてわかるようならば、周りはすべてベテランになってしまいます。そんなことは絶対にあり得ません。5年我慢できれば少しは使いものになるのですが、そういう人は多くなかったと思います。

過去の自分を省みてもそう思いますが、経営側や上司の立場から見ても、10年は経験を積まなければ安心して仕事を任せることはできません。一概には言えませんが、大学卒業後、22～23歳で入社したとすれば、30歳前半ぐらいになるでしょう。

私もごく普通の人間でしたから、10年の会社勤めを経験してから起業しました。10年いれば、下請けの様子からシステムの仕組み、業界の裏まで、その業界について大概のものは見えてきます。

これは仕事に限ったことではありません。何ごとにおいても最低10年。少なくともそういった覚悟を持って取り組む姿勢が大切だと思います。

社内がダメなら社外で知識を得る

私が東京で印刷会社に勤めていた時のことです。当時は「仕事は目で盗んで覚えろ！」というのが一般的で、先輩や上司からはほとんどといってよいほど何も教えてもらえませんでした。

また、私がいた会社では、営業が話を持ってきた案件について、ほかの部署の担当者が原価計算を行い、見積書を作成していました。営業はその見積書をそのまま営業先へ提出するという流れだったのです。

原価計算を行うには、印刷業務に関する幅広い知識が必要です。その知識がないまま営業していたのでは、お客さんとの商談もスムーズに進みません。何より、営業の社員が成長できないのはいうまでもありません。

「こんなシステムはおかしい！」

私は何度も会社に改善を求めていました。しかし、会社側としては、原価計算のやり方を全部教えてしまったら、社員に独立されてしまうという危惧があったようです。事実、当時、知識を得た社員が辞めていくという事案がたくさんありました。しかも、会社から給料をもらっているにもかかわらず、会社のお客さんを持って独立するという、せこいとしかいいようのない輩が多かったのです。

私が入社してすぐのころでしたが、それでも課長や部長に、

「原価計算を営業に教えなくては会社の発展はありません。教えることで辞める人がいてもいいじゃないですか。そういう人がどんどん仕事を取ってきてわが社に流してくれることだってあるはずです。辞めるぐらい能力のある人だったら、後々、会社にとってもプラスになりますよ」

と何度も提言したのですが理解してもらえず、最後はあきれてしまいました。

「それならもう会社には教えてもらわない！」

と腹をくくり、自分で解決策を見つけることにしたのです。

そこで頼ったのが同業他社の人たちでした。印刷業界最大手の凸版印刷や大日本印刷、中小の印刷会社の同年齢ぐらいの若手のホープの人たちと友だちになって教えてもらったのです。競争相手に頭を下げて教えを請う人などまずいませんでしたので、最初は驚かれましたが、ちゃんと話をすると、

「おまえ、そんなことで苦労してるのか⁉　じゃあ、俺が教えてやるよ」

と言って教えてくれたのです。そのお礼として、彼らに酒を飲ませたのは今ではよい思い出です。

私もせっかく会社に入った以上は、会社をよくして業績を上げることに貢献したいと思っていました。それには、自分のスキルを磨いたり、基本的なものから専門的なものまで知識を習得したりすることは不可欠です。誰でもそう思うはずです。

上に言っても動いてくれないのであれば、自ら動き、行動することです。

「教えてくれないから、やらない」

「教えてもらってないから、わからない」

ではダメなのです。

この件で、自分から行動することの大切さを学びました。人に言われたからではなく、自分で進んでなんでもやることです。**ダメと言われても自分で行動すれば、おのずと道は開けていくものです。**

100軒行って、100軒断られるのは当たり前

私は今でも本を読むのが大好きですが、若いころはとくに仕事に関する本をたくさん読んだものです。とくに自分のビジネスにまつわるものは片っ端から読みました。

営業販売に関するものを読むと、

「販売するためには、こういうエリアをアタックしていくことから始めるのがよい」

など、さまざまなやり方が書かれています。読んだからといって、なかなか本の通りには実行できないものですが、それでもなんとなく基本的なやり方は把握できましたので、知識を得ただけで満足せずに、それを実行してみようと試みました。

例えば、私のサラリーマン時代の勤務先は日本橋のオフィス街だったので、会社のすぐ近くの日本橋、茅場町界隈の会社をしらみつぶしに飛び込み営業をしたことがあります。そういう時も事前に本で知識を得ていましたから、飛び込み営業の基本的なやり方はわかっています。しかし、知らない会社に果敢に飛び込んだところで、すべて断られるのが関の山です。相手からしてみれば、知らない人がいきなり来るのですから。こちらも断られたからといって、なんとも思いません。営業とは、100軒行ったら100軒断られるものなのです。ビジネス書にも
「1000軒は飛び込み営業をやらなければ、一人前にならない」

などと書かれています。言い尽くされた言葉ではありますが、

「営業は、断られてからが勝負」

これに尽きるのです。

しかし、残念なことですが、このレベルにまでいかない人が多いように思います。そういう人は、もともと勉強も研究もしていませんから工夫もありません。私だって断られることがうれしいはずはありません。最初のころはイライラしたり、落ち込んだりすることもありました。断られ続け、まったく結果が出ないと頭にきてしまい、さらにグルグルと歩き回って、2か月で革靴の底が抜けてしまったこともあります。そこで次のステップが必要になるのです。

――本のノウハウ通りにいくことはなく、飛び込み営業で100軒行っても100軒断られるのであれば、次にどうすればよいのか――

そこからは、自分のやり方で進めていくのです。お客さんに冷たくあしらわれ、断られ続けると、

「なんでこんなにうまくいかないんだ！」

と誰しも思います。そこで、考えるのです。じっくり考えてみると、必ず営業先のお客さんや会社の個性が見つかります。

例えば、私が営業に通った先に、NHK（日本放送協会）や呉羽化学工業株式会社（現・株式会社クレハ）がありました。いずれも社風や環境が違います。その会社に受付があるのかないのか、守衛はいるのかいないのかなど、営業に行くたびに観察し、何か策はない

かと考えるのです。

受付の女性や守衛さんと仲よくなるなど、できる限りのことはなんでもしました。もちろん今と比べて昔は企業のセキュリティが厳しくなかったというのもあるかもしれません。しかし、週に何度も通って、早い会社で3か月、遅ければ2年通い続けて、やっと注文をもらえるというのが一般的な流れであり、そのぐらいは時間が必要なのです。

飛び込み営業では、多種多様な会社に行くことになります。私はそれ自体を楽しんでいました。まったく取引のない会社に行って話ができるのですから。**自分の考え方を「楽しむ」方向に変える**と、だんだんと私自身も面白くなっていったのです。

少しでも可能性のある会社や、取れれば大きな取引になる会社の場合は、

「次にA社に行く時にはどうするか……」

と帰社後も一生懸命考えるわけです。しかめっ面をしていては話も聞いてくれませんし、ましてや話しかけてもらえませんから、いつもニコニコ笑顔を欠かしませんでした。

受付ですべてシャットダウンされた会社であっても、当時は廊下までは入れる会社もありましたので、ウロウロ廊下を歩き回り、社員の人がこちらに歩いて来たタイミングを見計らって、

「あー、印刷関係の担当者の名前……、何さんだったかなぁ……。あの、すみません、忘れてしまったんですが、印刷関係のご担当者のお名前、教えていただけますか？」

とイチかバチかで聞いてみたことがあります。すると、

「ああ、○○課のAさんですよ」

と教えてくれたのです。笑い話のようですが、今でも覚えているのですから当時は相当うれしかったのでしょう。これはちょっとしたペテンですのであまりよくない例ではありますが、こうやって日々、試行錯誤しながら、どうしたら担当者までたどり着き、話を聞いてもらえるかを必死になって考え続けていたのは間違いありません。

ただ、私は営業先に手土産などを持参することは絶対にしませんでした。手土産ではなく、情報を持っていくのが一番だと思うからです。会社名さえ初めて聞くような相手であったとしても、有益な情報が入ってくれば相手にもプラスだと思ってもらえるわけです。単に、

「印刷関係のお仕事、何かありますか？」

などとバカの一つ覚えのように繰り返しても、注文など取れるわけはありません。相手がどんな情報を欲しがっているのか、質問して探りを入れるなどして必死に考えている

と、いくつか必ず出てくるものです。

単純に言えば、

「何かお困りのことはありますか？」

と聞いた時に、いくつか問題点を出してくれたなら、その解決策を次回に持っていくのです。

「こういうふうにしたらいかがでしょうか」

といった具合です。この時、注文が取れる、取れないは別の話です。自分が持っている情報が相手にとって有益であれば、とにかく提供するのです。すると、相手も話を聞いてくれるようになります。そんなやりとりを何度も繰り返していくうちに、少しずつ懇意になっていきます。そこまでいくと、自然と注文が取れるようになっていくものです。

この段階までしっかり我慢して通い続けることができるかどうか。これが一番大切なのだと思います。「営業はセンス」などと言いますが、まずは**「愚直にコツコツ」に勝るものはない**のです。

ガソリン・スタンド所長との凸凹コンビで新規開拓行脚

新規開拓の営業ではいろいろなことを試しました。今の時代にはそぐわないやり方かもしれませんが、お客さんとの出会いのきっかけ作りという点では今も昔も変わらない部分もあるでしょう。

例えば、印刷会社に勤務し始めのころ、会社の近所に千歳商会（丸善石油〈現・コスモ石油〉筆頭販売会社）の茅場町営業所がありました。そこでの営業は今でもよく思い出します。その営業所はコスモ石油の中でもトップの売り上げを誇るガソリン・スタンドだったのですが、いくら通っても注文が取れませんでした。そこで社員の人たちの行動をよく観察してみると、朝の9時からスタンドの営業が始まるのですが、10時か11時近くなると重役の人たちは近くにある喫茶店に必ず行って休息していました。つまり、その喫茶店に行けば重役の人たちに会えるということです。

もちろん待ち伏せされたと思われないよう、さも偶然そこに居合わせたように装って、時にはコーヒーをごちそうするなどしていました。当然、仕事の話はこちらから持ち出すことはありません。そんなことを繰り返してしばらくすると、

「おまえ、いつも見るけど、うちの社員じゃないよね。どこの人？」

と向こうから話しかけてくれるようになるわけです。

また、効率よくお客さんに会うためにはどうすればよいのかと考えた時に思いついたのが、同じくガソリン・スタンドでした。ガソリン・スタンドには、社用車の給油のために多くのサラリーマンが集まりますから、そこの所長と懇意になれば、自分の営業につながるのではないかと考えたわけです。実際のところ、所長とお茶を飲んだり、お酒を飲んだりしながら仲よくなり、

「なんとかしてくれないか」

とお願いできるまでになりました。すると、少しずついろいろな会社の人にあいさつができるようになっていったのです。ただ、私の車がいつもそのガソリン・スタンドに止まっているものですから、

「飯島はお茶でも飲んでサボっているに違いない」

と社内で言われることもありました。

「そんなことはない！」

といくら言っても、新規開拓のための我慢の時間を知らない連中や、営業の基本を知らない連中にはわかってもらえません。仕方がないので、私がガソリン・スタンドでの営業で名刺交換をして受け取った１００枚近くの名刺を上司に見せて説明しました。

「本当に近所の会社を開拓しに行っているんだ……」

と課長も部長も驚いたようでした。

「数回足を運んだだけでは注文が取れるわけがない」

「何回も通い続けて、いろいろなことをしないと注文は取れないものだ」

といったような話を切々と訴え、上司たちも少しは私のことを理解してくれたようでした。

――普通は上司が私にこういうことを指導するもんだろう？　どうして部下の俺に聞いてるんだよ！――

腹の中には怒りのようなものが湧いてきましたが、わかっていない相手に大騒ぎしたところで本当の理解を得るのは難しいと悟りました。こんなことも、私がサラリーマンのままで終わっては面白くないという思いを強くした要因だったのかもしれません。

前述のガソリン・スタンドで仲よくなった所長は横田さんという方で、大きな体躯が印象的な東北出身の人でした。後にコスモ石油の重役になられたと聞いています。とてもファイトのある方で、私と意気投合して新規開拓の営業を一緒にした思い出もあります。

ある時、横田所長から、

「部下が新規開拓に動かないんだよ」

と私にぼやいてきたので、

「じゃあ、俺と一緒にやらないか？」

と提案してみたのです。

業種はまったく違いますが、新規開拓という意味ではガソリンを売り込みに行くのも、印刷を売り込みに行くのも同じです。大柄な横田所長と私との凸凹コンビで一緒に新規開拓の営業に回ることにしました。

日本橋の茅場町あたりは、超一流企業ばかりが立ち並んでいましたので、1年か1年半ぐらいかけて回り続けました。もちろん朝から晩までずっと一緒というわけではありません。

「じゃあ、今日、1時間ほどやろうか？」

と互いの空いた時間を合わせて回るのです。とはいえ、1時間で5～6軒回って全滅という日が大半です。そんなに簡単に開拓できるものではありません。それでも何度となく足を運んでいるうちに、先方から「また来たのか」と思われるようになり、私たちのことを認識してもらえるようになっていきます。

結果として、凸凹コンビで回った営業では、ガソリンも印刷も何件か仕事を受けることができました。これは、今思い返してみても楽しかった思い出です。当時、私の会社には横田所長のようにバイタリティーあふれた営業マンがいませんでしたから、彼が私の営業という仕事への姿勢や熱意に共感し、理解してくれたうれしさが、この件を彩ってくれているのかもしれません。

あれこれ悩む前に、まずは動く

学生時代に塾の経営をしたことは1章でも述べましたが、サラリーマン時代にも本業とは別にちょっとした小遣い稼ぎの副業をしていたことがあります。

それはゴルフ会員権の転売でした。塾の経営も週刊誌で見た記事がきっかけでしたが、ゴルフ会員権もやはり週刊誌から得た情報でした。サラリーマン時代、営業の合間に喫茶店に入ることがよくありました。そこに置いてあった週刊誌にゴルフ会員権の記事や広告がたくさん掲載されていたのです。

ゴルフ会員権を第三者に流通するという形は戦後からあったようですが、1973（昭和48）年5月にゴルフ会員権の価格が過去最高値を更新し、いわゆる「ゴルフ会員権ブーム」となりました。私が週刊誌でゴルフ会員権の記事や広告を見たのは、そのゴルフ会員権ブームの少し前だったと思います。

日本のゴルフコースも、1957（昭和32）年に100コースだったのが、1967（昭和42）年に500コース、1975（昭和50）年に1000コースと増え続け、ゴルフ会員権を持っていることが一つのステータスになりつつある時代だったのです。私自身も1972（昭和47）年に自分の会員権を手にしています。

まず、自分で自分の会員権を購入すると、いくらかやり方がわかります。その後、独学でやり方をなんとなく覚えてしまったのが始まりです。

私は何ごとにおいても、人に頼んだり、聞いたりするのではなく、自分で現地に行って、自分の目で確かめるというのがモットーです。とにかくあれこれ悩むよりも即実行するのが一番確実なやり方なのです。

当時はゴルフ会員権の業者は銀座に集中していました。週刊誌には、各ゴルフ場の会員権価格が100万円、200万円などと掲載されていたので、それを見て業者のところに行き、

「今、Aカントリークラブは100万円してるけど、いくらになる？」

と値引き交渉をするのです。初めは業者も私のことをバカにして値引きに応じてくれま

せんでしたが、これも営業と一緒で何度も足を運び、ほかの同業者のところにも出入りしていることが相手にわかり始めたころには、

「じゃあ、7掛けにしよう」

「8掛けでどうだ」

などと言ってくれるようになりました。

私は8掛けで売るつもりでしたから、それ以下で購入しなければ自分の実入りがありません。１００万円の会員権であれば、60万円ぐらいで仕入れて、80万円ぐらいで売るのです。私が売る相手の人も、相場が１００万円の会員権が80万円で手に入るのですから、喜んで買ってくれました。

業者がなかなか値引きに応じてくれない場合は、

「わかった、そんなぐずぐず言ってるんだったら、二つ買うから」

と数で交渉しました。やはり、一つより二つ、二つより三つ……と数が増えるほど値段は下がります。

最初は私が冷やかしなのか、本当にお金を持っているのかの判断がつかなかったのでしょう、明らかにバカにした態度をとられることもありました。

「ちゃんと金はここに持って来てっから、でかいこと言ってるんじゃねえか！　もっとま

ともに答えろ！」

と、さすがの私も茨城弁で怒ったこともあります。そうすると、コロっと態度を変えて、価格を下げてくるのです。あの業界も、当時は法的な規制が厳しくありませんでしたから、いい加減といえばいい加減でした。推測ではありますが、ゴルフ会員権の業者は、相場の半値以下で購入していたのではないでしょうか。100万円の相場であれば50万円以下です。つまり価格はあってないようなもの、そういう業界だったのだと思います。

もちろん、私が仕入れに行くということは、買い手がいるからです。ゴルフ会員権が欲しいという人から頼まれて初めて、

「そうかわかった、じゃあ探してみよう」

となるのです。あくまでも本業の傍らにやる副業でしたから、

「買い手がたくさんいるし、これからも売れそうだ」

などと考えて欲を出したり、危ない橋を渡ったりするようなことはありませんでした。

相場よりも2～3割安く買えるのですから、宣伝しなくても買い手はいくらでもいました。なぜなら割安で買えた人が、自分の友だちや知り合いにその話をするのです。いわゆる口コミというものです。私から購入した人から、

「Bゴルフ場の会員権を買いたいという人がいるんですが、飯島さん、お願いできます

か？」

と電話がかかってくるようになりました。それが、いつの間にかどんどん芋づる式に増えていったというのが本当のところです。

このような流れで何人かに転売したのですが、本当に喜ばれました。人によっては、私が割り引いた差額で娘さんのピアノを買った人もいました。そのお宅にお邪魔した時、

「おまえ、ピアノ買えるお金あんのか」

と聞いたら、

「いや、この前のゴルフ会員権で少し差額が出たから」

と、うれしそうに話してくれました。

銀座の会員券業者のところに出向く時は、若いからと相手にされないことも考え、わざわざ長靴を履いて行きました。銀座のたくさんの同業者に出入りしていることを、〝長靴を履いた若い男〟として少しでも相手に印象づける作戦だったのです。

また、会社では売る側、ゴルフ会員権は仕入れる側と立場が逆ですが、会員権の業者との値引き交渉は、営業で培ったスキルも活用できたと思います。知り合いは喜んでくれますし、私自身の懐も温かくなりました。何より、印刷業界とは異なる業界を知る面白い経

験ができたと思っています。

誰もが目にする週刊誌ですが、それを見てすぐに行動したのがよかったのでしょう。ゴルフ会員権ブームの少し前というタイミングも功を奏したと思います。

このように仕事に限らず、とにかく動くことは大切です。行動した後に、これはうまくいかないと判断すれば、そこでやめればよいのです。

実際に動かなければわからないことが、世の中にはたくさんあります。前進するか、立ち止まるかの判断は、まずは行動してからすればよいのです。

「あれこれ悩む前に、まずは行動すること、チャレンジすること」

この大切さはとくに若い人に知ってほしいと思っています。

夢も希望も「お金」があったほうが広がる

私の勤めていたアコーダー・ビジネス・フォームは山一證券の関連会社でもあり、会社のすぐ近くに山一證券がありましたので、株式投資も4～5年ほどやりました。当時はインターネットでの取引はありません。電話が基本ですが、携帯電話やスマートフォンなどもない時代ですから、週に何回か証券会社の窓口に出向くことになります。株式投資に熱中する人は、毎日のように通っていました。

株価というものは、うまくいけば手が震えるほど上がります。私もよい思いを何度かさせてもらいました。

ただ、当時はサラリーマンで本業がありましたし、そろそろ起業のための準備も始めていましたので、株式投資にどっぷりはまるというようなことはありませんでした。

また、私は「現物買い」のみの株式投資で、「信用買い」など、ばくち的な取引は一切することはありませんでした。信用買いをやり始めたら切りがありません。借金と一緒で結局は金利もつきますので、株価が下がってしまったらおしまいです。

今のように大きく儲けたいと信用買いをする人は当時もいました。ただ、知識や能力のない人がやるものではないと思います。やるのであれば、できるだけ確実なやり方を取るというのが私の考え方です。これは、私の伯父である片岡干治(かんじ)さんの影響もあったと思います。

干治伯父さんは、私の継父、飯島忠之助の姉のご主人で、とくに仕事やお金について、私の人生に大きな影響を与えた人でもありました。干治伯父さんは経営者にこそなりませんでしたが、お金を稼ぐことに関しては卓越したセンスがある人でした。

いつも耳にタコができるように私が聞かされていたのは、

「今の時代、ゴルフ会員権を持ってないと、金を持ってるとは言えないんだぞ」

という話です。これは私が20歳前後のころから言われていました。サラリーマン時代に私がゴルフ会員権を購入し、その後、周囲の人たちへ転売するようになったのも、伯父さんのこの言葉があったからこそだと思います。

千治伯父さんは、1947（昭和22）年に設立された政府機関である食糧配給公団に勤める公務員でした。日本では、戦後しばらくの間、食糧庁が購入した米を、食糧配給公団を通じて配給していたのです。伯父さんは京都大学出身のとても優秀な人で、大蔵大臣（現在の財務大臣）を数度務め、経済審議庁長官や通商産業大臣など経済閣僚を歴任した政治家の水田三喜男氏は、旧制水戸高等学校の同級生と聞いています。、伯父さんのお兄さんは東京大学出身でした。

奥さんは医師でしたし、お子さんもいなかったので教育費もかかりません。ですから、お金はたくさん持っていたと思いますが、堅実な暮らしをする人でした。

住んでいる家は、「本当に伯父さんの家だろうか」と思うほど質素でしたし、高級車などにも絶対に乗らず、見栄を張ろう、格好をつけようという気持ちがみじんもない人です。

株式投資についても現物買いのみで、絶対に信用買いはやりませんでした。

私が株式投資で現物買いしかやらないのも、干治伯父さんの影響です。伯父さんが株で少し儲かると、寿司やビールをご馳走してもらったのはよい思い出です。私にとって、よいお手本になる人でした。

また、伯父さんは、

「どんなことがあっても、お金だけは大事にしなさい。お金を持っていないと世の中通らないから」

と、亡くなる間際まで口癖のように言っていました。これは、

「人はある程度のお金を持つまでは我慢して稼ぎ続けないといけない」

ということだと私なりに解釈しています。

お金を稼ぐことについては、いろいろなことを言う人がいます。

「今の時代、お金なんかなくても、そこそこ楽しい生活ができる」

とかなんとか言うのです。ところが、

「じゃあ、お金があるのとないのとでは、どちらがいい?」

と聞くと、

「ないよりあったほうがいい」

と必ず答えます。

また、〝お金は汚い〟といったイメージを持つ人もいるようですが、私はそうは思いません。お金があれば、自分のやりたいことや家族などの身近な人がやりたいこと、夢や希望などを実現させることができると思うのです。人の足を引っ張ったり、恨みを買ったり、人を裏切ってまでお金を稼ぐ必要はないのは言うまでもありません。そうではなく、夢や希望を広げるために、お金を稼ぐことは大切ということです。

大金持ちになる必要はありませんが、人並みに生活ができる、子どもがいるなら子どもたちが希望する進路を選べるだけの経済的基盤を作る……など、とくに若い世代には、そのためにもお金を稼ぐ努力をしてほしいと思います。

気力、体力の低下で会社閉鎖を決断

私が1975（昭和50）年に設立した東日本印刷は、2007（平成19）年に会社をたたむことになります。設立から32年後のことでした。

正直、当時の経営状況は会社閉鎖を考えるほど悪い状況では決してありませんでした。ところが、会社をたたむ2年ほど前に、経理を任せていた妻が、

「私は辞めるから、ほかの人に経理を頼んでほしい」

と言い出したのです。当時、妻は、

「前から、60歳を過ぎたらゆっくりしたいと思っていた。時代の流れもあって売り上げも前ほど伸びなくなっていたし、順調なころに比べれば資金繰りが厳しくなってきたのも理由の一つだった」

と言っていました。

しかし、私の考えは大きく違っており、当時、心配する妻には「大丈夫だよ」と答えていました。借入金はもちろんありましたが、会社を続けていれば返せる額だと私自身は思っていたのです。それでも妻は、経営が大きく傾く前に切り上げたかったということなのでしょう。

今とは違うでしょうが、当時の商売の基準でいえば、実際のところ経営にはまだ余裕はあったのです。

売り上げで融資額を計る指針の一つに「借入金月商倍率」というものがあります。これは借入金総額を平均月商で割ったものです。業種にもよりますが、現在の基準でいえば、

卸売業で月商の3か月分、製造業・小売業・サービス業で月商の6か月分が借入金上限の目安とされています。

当時の基準では、売上の4～5割までは問題なく銀行の融資を受けることができました。時には5割以上でも融資をしてくれたものです。

私の会社の銀行からの借入金は1割程度でした。当時は約10億の商売をしていましたので、銀行からの借入金は1億円もなかったのです。これが、私自身は経営的に余裕があると考えた理由です。

経営が厳しい会社は、売上と同額程度の借入をしています。そういう会社はいくらでもありました。それに比べれば、私の会社はまったく問題がなかったといえるほど健全な経営状態だったということです。

右から左へと品物を流すだけの商売は利益率が少なく、ものによっては5パーセントということもあります。これに対して私の会社は、商品（印刷物）を自社で製造していましたので、利益率が高いことも経営がうまく回っていった理由だと思います。

帝国データバンクが毎週発行している『帝国ニュース』内の企業評価というものがあります。これは企業が健全な経営状態にあるか厳しい経営状況にあるかを評価するもので、経営状態がよければ「優良企業」、経営状態が悪ければ「不良企業」と評価されます。経営状態が良好であっても中小企業でここに入るのはまれだそうですが、その中で私の会社は「優良企業」として掲載されていました。妻から資金繰りを心配されて会社を閉鎖する2〜3年前のことです。

また、そのころでも銀行から借入をしてほしいと懇願されていました。私の会社がメインバンクとして取引していた関東つくば銀行(現・筑波銀行)は、当時は茨城県ではナンバー2の銀行でした。そこにナンバー1の常陽銀行から、

「本行に融資を切り替えていただけないか」

と日参されるほどだったのです。これらの理由から、私としては経営に対する不安はまったくなかったというのが本音です。

売り上げが以前に比べて伸びなくなってしまったはっきりとした理由はわかりません。しかし、パソコン向けワープロソフトなどが多くのオフィスに普及した1990年中ごろから〝ペーパーレス〟という言葉が世間に広がってきました。その後、多機能なコピー機やプリンター機の普及などで印刷がより手軽になるなど、時代の流れもあったのでしょう。

しかし、当時、実感していたわけではありませんが、60歳を超えると、30代、40代のころとは〝頑張り〟がまるで違います。今振り返ると、私の中で会社の閉鎖の最も大きな要

因は、時代の流れというよりは、自分の気力、体力の衰えだったのではないかと思います。

身をもって実感した後継者作りの難しさ

気力、体力の衰えに加えて、個人的な問題として、子どもたちに跡を継がせられなかったことも、無理をしてでも会社を継続させようという気持ちにならなかった理由だったのかもしれません。

先にも書きましたが、私には3人の子どもがいます。

長子である娘は、外交的で一番私と性格も言動も似ています。私も娘も、とくに若いころには互いに言いたいことを言い合い、時には衝突することもありました。それでも、仲のよい父娘の関係を今も続けることができています。この娘は小学生ごろから「歯科医になりたい」との夢を持ち、歯科大学に進学し、後に開業しています。

長男に跡を継いでほしいという思いもありました。長男は、人あたりはよいのですが、それでも私や娘に比べればおとなしいところがありますので、経営という部分では難しかったかもしれません。また、彼も歯科大学への進学を決めましたので、自分の道を進む長男の背中を押すことにしました。

3人の子どもの中でも一番おとなしくてやさしい性格なのが次男です。次男にも歯科医の道を妻が勧めたこともありましたが、最終的には東日本印刷に入社することになりましたので、跡を継がせるつもりでいたのです。しかし、いわゆる営業や外交的な仕事が向いていなかったのでしょう。大学を卒業してから10年ほど勤めましたが、最終的には退職しました。

次男には、私も私なりに営業の基本を手取り足取り教えましたが、私ができることと次男ができることは大きく異なりました。私が経験してきた「見て覚える」形式ではなく、「こういう場合は、こうやったらいい」と具体的なやり方を教えても、それが次男にとって負担になってしまうのです。次第に精神的に追い詰めてしまい、しばらくは家から出られない状態になってしまいました。

さすがの私もこの時は、人には本当に向かない仕事、やり方というものがあるということ、頑張ってもできないことがあることを思い知らされました。

私はそれまでの人生において、何ごとも粘り強く「前進・努力」を座右の銘に、コツコツやり続ければ一人前になれると信じて仕事をしてきました。我慢して工夫して努力すれば道は必ず開けるものだと思っていたのです。

当時は社内のほかの社員の目もあったため、次男を叱咤激励することしかできませんでした。苦しむ次男の気持ちになかなか寄り添うことはできなかったのが実情です。後継者育成の難しさを、身をもって体験した出来事でした。

会社閉鎖の1年後、脳梗塞で救急搬送

妻から会社を辞めたいと言われてから3年が経過した2007（平成19）年、私も考えるところはありましたが、最終的には納得したうえで裁判所に会社の破産の申し立てをすることになりました。

閉鎖の2～3年前に常陽銀行から1年ほど融資をしてほしいと日参されていたのですが、最初はメインバンクだった関東つくば銀行とのおつき合いもあるので、

「くら替えなどしたら男が廃る」

と断っていました。しかし、やはり金利は明らかに常陽銀行のほうが低かったため、経理を担当していた妻からも、

「こんなに金利が違うのなら、切り替えたほうがいい」

と勧められ、結局は切り替えることにしました。ただし、常陽銀行から融資を受けるには、私物を抵当に入れるという条件がありました。この条件をのんだことで、会社閉鎖時には個人で保有していた土地なども全部持っていかれることになってしまったのです。

閉鎖時においても、会社は自転車操業などという状態ではありませんでした。経営も堅実で、融資については銀行のみ、いわゆる「街金」のようなところからは一銭も借りていませんでしたし、家族や親戚、友人、知人にも借りていません。

裁判所で破産申請をし、弁護士にも話し、私は逃げも隠れもしませんでした。取り立て屋などが自宅に押しかけてくるような映像がテレビで流れると妻はとても怖がりましたが、自宅にやってくる債権者は一人もいませんでした。それでも二人ほど債権者の方が会社に来られたので、その際には一人ひとり、しっかり説明をさせていただきました。

弁護士と相談しながら、会社が提供できる財産はすべて出したうえで、債権者の方にどの程度をお返しできるかをきちんと説明したのです。

一般的に、債権者にお返しするのはゼロ配当に近い金額ですが、3割程度はお返しできたと記憶しています。

やはり会社の清算は大変です。換金できるものは全部換金し、それをすべて配当にしたということです。

清算を終えるまでに丸1年の時間を要したと思います。私の個人所有の土地もかなりありましたので、その整理もありました。あるものはすべて提供するのは当然のことですし、少なからず迷惑をかけたのですから仕方ありません。それよりも私の中で一番大変だったのが、裁判所からの呼び出しでした。何度も呼び出しがかかり、裁判所に出向いて、時には債権者の方も含めて話し合いをしました。これに気力、体力を消耗させられました。

清算までの日々で精根尽き果て、体にもガタがきたのでしょう。会社閉鎖から1年経った67歳の時、脳梗塞になりました。

日課にしている畑仕事を2時間ほど一人でしている時でした。突然、畑の中で倒れてしまったのです。その時は、何が起こっているのか私自身はわかっていません。しばらくすると立ち上がることができたので、少し体調が悪い程度にしか思わず、そのまま軽トラックで自宅に向かいました。

帰宅途中にはガソリン・スタンドで給油もしましたが、給油口のふたがうまく閉まりません。それでもそのまま運転して自宅に着いたのは夕方でした。風呂に入り、普段なら畑仕事のあとには夕食前のビールをおいしく飲むのですが、

「今日はビールはいらない」

と、妻に告げ、夕食を食べることにしました。

すると、箸がうまく使えず、おかずをポロポロ落としてしまうのです。

「おかしいな」

とは感じましたが、それは疲れている程度のことで、自分の体に悪いことが起こっていることなど夢にも思いません。しかし、以前より娘に「箸で物がつかめない、口からポロポロ食べ物を落とす、ろれつが回らない時はすぐに病院へ行くこと」と言われていました。私の様子を見た娘からすぐに救急車を呼ぶように諭され、救急搬送されたのです。


幸いにも私の脳梗塞はとても軽くすみました。救急搬送後に病院で治療を受け、翌日にはほぼ今まで通りの生活を送ることができるまでに回復したのです。毎年、脳ドックでの検診を続けていたこと、すぐに処置できたことが軽症につながった要因だと、搬送先の病院の先生から伺いました。おかげさまで現在まで後遺症は何もなく元気に過ごしています。

私の人生において会社はとても大きなものでした。それを閉鎖し、働かなくなってしまったことで、おそらく気が抜けたというか、張りつめていた糸が切れてしまったのでしょう。

そして、会社を閉鎖するまでのさまざまな出来事が、知らず知らずのうちに私の心と体をむしばんでいたのだと思います。人生、そんなものだと実感しました。

それほど私にとって、会社の閉鎖は大きな出来事だったのです。

培われた粘り強さと家族への思い

～愛する茨城での幼少の日々、そしてその今～

第 4 章

ニューギニアの戦いで父が戦死

ここまで私の仕事人生について書いてきましたが、ここで少し、私の生い立ちについても記しておこうと思います。

私は1941（昭和16）年12月12日に、土浦にて、父・森田実、母・せんの長男として生を受けました。第二次世界大戦における真珠湾攻撃の5日後のことです。

父は森田家の長男で土浦の鷹匠町出身です。鷹匠町は、藤井松平信吉公時代に整備された最も古い武家町でもあるそうです。鷹匠町となったのは朽木（くつき）植綱（たねつな）公が将軍の御鷹役となり、鷹匠をこの地に住まわせたことが始まりとされます。森田家とは疎遠になってしまっているため詳しいことはわかりませんが、土屋藩に仕えたと聞いたことがありますので、士族だったのではないかと思います。

私には、父の記憶がありません。関東軍から南方戦線へと赴き、1942（昭和17）年にニューギニア島に駐留していた日本軍に対しての連合国の侵攻で始まった「ニューギニアの戦い」において、同年あるいは翌年に戦死したと聞いています。私が1歳か2歳のころです。ニューギニアの戦いは、戦闘で死ぬ兵士よりも飢えや衰弱で亡くなった兵士のほうがはるかに多かったといわれる過酷かつ悲惨な戦いでした。記憶にない父ではありますが、さぞや暑く、ひもじく、苦しかったであろうと思うと胸が痛みます。

出征するまでの父は、茨城県内の19の銀行を吸収してできた第五十国立銀行に勤務していました。全国で50番目にできたのでその名がついた銀行で、1935（昭和10）年に常磐銀行と合併した現在の常陽銀行の前身です。銀行員として勤めていたころに母と結婚したと聞いています。ずいぶんあとになってからの話ですが、父の同僚だった方が常陽銀行の支店長に昇進したことを耳にした母が、私に、

「戦死しなければ、お父さんも支店長になっていたかもしれないね」

と話したことを覚えています。

母は同じく茨城県のつくば市中根にある本橋家の長女として、1916（大正5）年2月3日に生まれました。結婚して本橋家を一度出たのですが、父の戦死後に戻っています。父の生家である森田家と疎遠になっているのには、そういう事情もありました。昔は夫が

戦死したあと、婚家に未婚の義兄弟がいれば、その人と再婚することも多かったようですが、母は実家へ戻ることを選んだようです。

母の実家に戻ってからは、母方の祖父母、そして叔父と一緒に5年ほど暮らすことになりました。

実家に戻ったころはまだ戦時中でしたので、私にも戦争の記憶があります。一番覚えているのが祖母と一緒に防空壕に逃げたことです。防空壕から出た時にアメリカの飛行機が飛んでいくのが見えました。当時はどこの農家でも裏山には竹林があって、そこに防空壕を作っていました。土浦市内の真ん中には山など何もありませんが、どこの家にも防空壕は作られていたものです。

茨城県は直接的に戦争の影響を受けた地域です。日立市には日立製作所などの軍需工場がたくさんありましたし、水戸市は常磐線の輸送上の基地でもあり、日立の工場の労働力の供給源であるとともに下請けの中心地でもあったため、空襲などの被害を数多く受けています。土浦市にも戦争の影響が多数見られ、あちこちに爆弾が落ちて穴が空き、池のようになっていたのを覚えています。

1940（昭和15）年に霞ヶ浦海軍航空隊から独立した、阿見町で2番目の航空隊である土浦海軍航空隊（予科練）があったことも大きいでしょう。そこを巣立った少年兵は、後に神風特攻隊に配属された人も多く、たくさんの若く尊い命が失われました。阿見町には現在、「予科練平和記念館」が設立され、後世へその歴史を伝えています。決して忘れてはいけない、心に刻んでおくべき出来事だと痛感しています。また、軍用飛行場である霞ヶ浦海軍飛行場や、海軍飛行予科練習生が置かれたことでも有名な土浦海軍航空隊（現・霞ヶ浦駐屯地）もありました。

戦争中の土浦市は軍隊でもっていたという印象があります。軍人さんも多く滞在され、特攻兵の方々など、もう日本に戻って来ることがかなわない軍人さんには、出撃前に一般の民家の2階を解放するなどしていたようです。若い命が散っていくという戦争中の悲劇を数多くの土浦市民が目の当たりにしていたと聞いています。

当時、3歳か4歳だった私が実際に体験したのは、防空壕へ逃げ込んだり、爆弾が落ちてきたりする様子などですが、出征する前に神社へ参拝する兵隊さんを、みんなで見送った光景は今でもよく覚えています。

戦後は本当に物資がありませんでした。つくば市（旧・栄村）には農家が多かったので、東京などから物々交換のためにたくさんの方々が来ていました。物を売って食べ物を求める人が押し寄せていたのです。本橋家では祖父が対応していました。

何も物はありませんでしたが、母の実家である本橋家は田舎にありましたので、幸いなことに毎日食べるものには困りませんでした。戦後の暮らしとしては恵まれた環境だったと思います。おかげさまで、お腹が減ってつらかったという記憶はありません。都会の人は大変だったと思います。お金があっても食べるものがなかったのですから。

当時は、ヤギの乳をよく飲んでいました。牛乳より濃厚で栄養価が高いうえに消化吸収もよいようです。そのおかげかどうかはわかりませんが、その後、小学生時代には学校で健康優良児にも選ばれたほど体は丈夫に育ちました。私よりも大きな同級生が2〜3人はいましたが、それでも体も大きいほうだったと思います。当時の私は、お腹が減った栄養不足の子どもというよりは、むしろ少し太り気味の子どもだったのです。当時としては幸せなことで、珍しかったと思います。

母の再婚で新しい家族に

私が小学校2年生だった1948（昭和23）年に母が再婚しました。

私の周りでも父をはじめ多くの方が戦死されました。母の妹のご主人――私の叔父にあたる方も亡くなりました。このように、私の時代は父親がいない子どもはたくさんいたのです。そんな世代です。未亡人のまま母親が新しい家庭を持たずに頑張っている人もいれば、再婚する人もいました。

母は土浦市役所の公務員として働き、頑張り屋で我慢強い人でもあったと思います。父の戦死後も市役所で働き続けていましたので、今で言うシングルマザーとして、やりようによっては私と2人、なんとか生きていけたかもしれませんが、母は新しい家族を作ることを選んだようです。

女性で働いている人自体が少なかった時代でしたが、母は教育もしっかり受け、大学まで進学していています。私の時代でも高校進学する人は4割程度、大学などの高等教育機関に至っては1割ほどです。それも女性でというのはとても珍しいことだったと思います。とくにつくばの田舎のあたりは農家が多く、働きに出ている家庭は10軒のうち1~2軒でした。そういう家のことを、「あそこの家は勤め人の家だ」と言ったものです。私は外で働く母の姿を見て育ちました。

母が再婚したのは33歳の時のこと。私は7歳、継父の飯島忠之助は40歳でした。

再婚前の継父についてはあまり聞くことはなかったため、詳しいことはわかりませんが、一度結婚はしていたようです。ただ田舎の場合、とくに昔は子どもができないと離縁することも多かったようで、再婚時に継父の連れ子はいませんでした。

再婚後、継父と母の間に弟が2人生まれました。私とは次男が9歳、三男が11歳離れた異父兄弟です。年が離れていたため、兄弟げんかをした記憶はありません。けんかをしなかったというよりも、弟たちが幼すぎて、けんかにならなかったといったほうがよいでしょう。

母が土浦市役所に勤めに出ている間は、今で言うベビーシッター、あるいはお手伝いさんのばあやを頼んで、私や弟たちの面倒を見てもらっていました。

継父も公務員でしたので、母とはいわゆる職場結婚だったようです。継父について思い出すのは、とにかく動物好きな人だったということです。飯島家にはとてもたくさんの動物がいました。700坪の家の敷地にヤギ、ヒツジ、ウサギ、クジャク、アヒルなどを飼育していました。鳥だけで100種類以上、全部で約300羽にもなりました。とくに伝書鳩が多かったのですが、この伝書鳩は毎日新聞社から継父が譲り受けたものだといいます。1960年代まで、新聞各社は常時数百羽の伝書鳩を飼い慣らし、新聞に掲載する写真のネガフィルムをカメラマンから新聞社へ輸送していたと聞きます。

このように飯島家はちょっとした動物園の様相を呈していたのです。近所の子どもたちや幼稚園児、小学生が見学に来る姿もよくありました。

私も動物の世話を手伝いました。私が学校から帰ると日課としていたのが、動物たちのための草刈りです。リヤカーを引っ張って近くの土手に行き、リヤカーいっぱいに草を刈って帰ったものです。

また、一番覚えているのが、毎朝、豆腐屋に通い、おからを購入したことです。2～3店回るのですが、豆腐屋は朝が早いので、早起きして出かけていました。豆腐屋で仕入れたおからは、人間も食べますが、ヤギの餌にもしていました。

今でも実家に住む次男がそれらの動物を飼い続けていますが、毎月3～4万円は餌代がかかるとぼやいているように、当時も餌代は大変でした。継父の給料を全部それに使ってしまうので、母と餌代の件でよく口げんかしていたのを覚えています。継父は公務員でしたので、そこそこの給与はあったはずです。それを全部つぎ込むのですから、母としてはたまらないでしょう。ですから、私たち兄弟は母の稼ぎで育ったようなところがありました。

娘がまだ小さいころには飯島の実家に遊びに行く機会もあり、娘はヤギの出産を手伝ったこともあったようです。最近では、

「点数が悪いテスト用紙は、ヤギに食べさせていた」

という娘の笑い話も聞いています。

継父はよい人だったと思います。血のつながりはありませんでしたので、互いに心から打ち解けていたかどうかは今もわかりません。お互い思うところはそれなりにあったとしても、それを表だって言うこともありませんでした。振り返るとやはり実子と連れ子の違いがあったと無意識に感じることはあったかもしれません。それでも継父に対しては、「よくしてくれた」と感謝しています。

高校時代に知った英語の魅力

1947（昭和22）年、私は、栄小学校（現・つくば市立栄小学校）へ入学します。戦後の日本が貧しい時代に育った私でしたが、前述のように、ヤギの乳を飲んでいたせいか、健康には恵まれていました。大きな病気もすることはありませんでしたし、毎日元気に小

学校に通っていました。

小学生のころは、ドッジボールや相撲、野球をし、帰宅後はベーゴマ、メンコ、草野球などで遊ぶ、元気いっぱいの子どもでした。

6年後の1953（昭和28）年に栄中学校（現・つくば市立桜中学校）に入学します。その後、市町村合併で栄村が1955（昭和30）年に九重村、栗原村と合併して桜村になり、1987（昭和62）年に桜村が筑波郡谷田部町、豊里町、大穂町と合併してつくば市となる経緯があります。中学校では、陸上部、野球部、卓球部の3つの部活動に所属してスポーツに励みました。陸上部では走り高跳びの選手として西部六カ村大会で優勝したこともあります。

1956（昭和31）年に入学した茨城県立土浦第三高等学校では、1年生で野球部に所属しましたが、2年、3年は受験に向けて部活動は辞めています。

高校時代で一番の思い出は、英語の塾に通ったことです。東京大学を卒業した先生に高校1年生か2年生のころに教えてもらいました。きっかけは母の友人の息子さんがその先生に教わっていたようで、その母の友人が私にも勧めてくれたことでした。自慢できることではありませんが、あまり勉学ができる生徒ではなかった私が、英語の塾に通ったおかげで英語だけは大好きになりました。

その後、私は中央大学文学部英米文学科、一般的には英文科と呼ばれる学科に進学しました。実は、私が受験をしたのはすべて英語を学べる学科のある大学ばかりでした。本心としては、上智大学や立教大学などの英文科で学びたいという希望があったのですが、残念ながらそれがかなうことはありませんでした。それでも高校生で英語の塾に通い、英語の魅力を知ったことで、自分の進学先が明確になったのです。


今も昔も就職のために大学を選ぶ人は多いのですが、私自身は、大学では好きなことをするというより、何を学ぶかという目的を持ち、自分の学びたいことを勉強するために行くべきだと考えていました。その思いは高校生のころから変わらず、1年浪人時代を過ごしましたが、その後も貫き通して進学しました。

今は、よい大学に行き、よい会社に勤めて……と考える人も多いでしょう。それが悪いとは言いませんし、例えば医者や弁護士など、就きたい職業に必要な学問を学ぶために大学を選ぶこともあるでしょう。

ただ、医者になるためには最初から医者になるための医学部進学についてよく知っておく必要があります。医学を勉強する環境にはピンからキリまであり、国立大学の医学部などなら別ですが、私立の医学部の場合は莫大なお金が必要です。家庭によっては経済的に進学をあきめなければならないこともあるでしょう。ですから、経済的にそれほど恵まれていない家庭に育ち、医者や歯科医、薬剤師ほか医学系の職業に就きたいと希望するのであれば、やはりしっかり勉強をして、国公立大学の医学系を目指すしかありません。子どもも2人を私立の歯科大に進学させた身としては、これは若い人に伝えておきたいと思います。

私は英語が大好きだったので英語を学びたくて大学に行きましたが、大学の同期には、英語を学び、それを就職までつなげてアメリカのAP通信（Associated Press）に入った人もいました。英文科の学びを直接仕事に結びつけたということです。

このように、学びたい学問を目的する、あるいは大学で学んだ学問を、医師や弁護士、あるいは通訳、外資系の通信社に勤めるなど、将来の仕事につなげるというのが、大学での理想的な学びだと思います。

私が将来について考え出したのは、高校2年生ぐらいの時だったと思います。子どものころは特別何かになりたいというようなことは、まだよくわかっていませんでした。とくにきっかけのようなものはありませんでしたが、ただ、人に使われるのはつまらないとは思っていました。

母も継父も公務員でしたが、公務員の安定した仕事に興味を持つことはありませんでした。こう言ってはなんですが、その時代の民間のサラリーマンに比べれば、公務員は3分の1も働いていないように私の目には映ったのです。

親方日の丸ですから、必死に働かずとも毎日、体だけ職場に持っていけばよいわけですから仕方ありません。しっかりした民間企業に勤めていたら、どんどん振り落とされてしまうような働き方に見えました。それでは実績も上げられませんし、実績が上がらなければ民間ではどんどんとり残されてしまいます。給料もきっと上がらないでしょう。

しかし、公務員は年功序列ですから、時間が経過すれば実績のない人でも給与は上がる世界です。民間企業なら自然淘汰されるような人であっても、公務員の場合、言い方は悪いですが、しがみついてさえいれば、それなりの給与が保証されているというわけです。

もちろん公務員にもそれなりに競争はあると思います。しかし、公務員の中でも出世する人は頭の回転や人を見る目がまったく違います。私はこれまで大勢の役所関係の方と仕事をしてきましたが、そういう人は動きがまるで違うと感じます。ちょっとしたことでもすぐに動くフットワークのよさがあります。

公務員の家庭で育ったからこそ、反面教師ではありませんが、働くのであればもっと必死に働いて、自分で事業を興したいと思うようになったのかもしれません。

しかし、どんな職場環境にいたとしても、一生懸命になんでもやるという人は、全体の1〜2割しかいないと私は思っています。だからこそ自分は一生懸命に仕事をして、できれば会社に帰属するのではなく、自分で会社を興して、その1〜2割の中に入ろう、漠然とではありますがそう考えていたのでしょう。独立起業するぐらいの努力をして頑張らなければ、大学にまで行った意味がないとも考えていました。

能力がある云々ではなく、コツコツ粘り強く努力し続ければ、道は開けていくものです。そうしているうちにいろいろなことがわかってきます。昔の公務員のように、ぬるま湯のような環境でぬくぬくしていると、何もわからないまま定年を迎えることになりかねません。

人生においてたいていのことは失敗の繰り返しです。失敗しながら、失敗の中から学んだことを糧にして、次の目標を見つけていくのです。私の人生を振り返ってみても、ほとんどが失敗でした。しかし、その中から、成功する方法、次の目標を探していくことが大切だと思います。これは、社会に出てからだけでなく、大学在学中にも言えることです。

そういうものを探すことも、大学に行く大きな意義になるはずです。

就職したら遊べなくなるからと、毎日遊びほうける学生もいるようですが、若さを満喫して過ごすだけではなく、せっかくの4年間を無駄にすることなく過ごしてほしいと思います。

妻との出会いと、25歳での結婚

私と妻の博子とは、いわゆる恋愛結婚でした。私が大学4年からつき合い始めました。

最初の出会いは、妻が昭和学院短期大学を卒業し、土浦の洋裁と和裁の学校に通っていたころです。つくばあたりの女性は、短大や大学を卒業後も勤めに出る人は少なく、いわゆる花嫁修業として、妻のように洋裁や和裁の学校に通ったり、料理学校に行ったりするのが一般的だった時代です。とくに、妻の実家である田中家は義父が歯科医、義母が眼科医という裕福な家庭だったこともあり、本人も働くことを考えたことはなかったようです。

それまでなんの接点もなかった2人でしたが、たまたま妻の通っていた洋裁学校が、私の大学時代の友人の母親が開いている学校だったのです。その家庭はわりと裕福で、自宅で洋裁を教えていました。そしてその友人の家に、私もよく遊びに行っていたのです。私自身はそれほど麻雀をやるほうではなかったのですが、友人の両親がそろって大の麻雀好きだったことから、私と友人、そして友人の両親の4人でよく麻雀卓を囲んでいました。

友人の家に出入りするようになり、次第に妻と言葉を交わすようにもなりました。すると、二人がよく乗るバスの停留所が同じであることがわかるなど、何かと縁がありました。妻はそれまでにも何度か見合いもしていたようですが、なかなかよい相手がいなかったようです。実は私も一度は妻から交際を断られています。妻は両親が医者だったことから、将来、所帯を持ったら子どもに医者になってもらいたいと思っていたといいます。医学部や歯学部はお金がかかりますので、結婚相手はサラリーマンでは難しいと考えてのことだったと聞きました。

その後、再度、妻に声をかけ交際が始まりました。前述しましたが、つき合いが始まってしばらくして、お互い結婚を意識し始めたころに妻から、

「子どもたちに十分な教育を受けさせてあげるにはお金がかかるよ。だから、将来は独立起業してお金を稼いでください」

と言われました。そのころには、私自身も人に使われるのではなく、独立起業したい気

持ちがありましたので、妻からの申し出を受け入れました。ただ、正式に自分で商売をやると心に決めて、「3年後の30歳で会社を作る」と妻に具体的に話をしたのは、27歳だったと記憶しています。

私が大学を卒業して印刷会社に勤め始めた翌年、私が25歳、妻が23歳の時に結婚しました。

妻の父は物静かで、余計なことは何も言わない人でした。私との結婚も反対せず見守ってくれました。妻は父親から怒られたこともないと言います。その代わりと言っては失礼ですが、母親がしっかり者でテキパキとなんでもこなす人でした。妻の実母は早くに亡くなったため、妻にとっては継母にあたりますが、とてもよくしてくれたようです。義父との間に子どもは作らず、継子だけを育てた人でした。このように、私も妻も少し複雑な家庭環境で育ったという点でもわかり合える部分があったのかもしれません。

今では、周囲も含め子どもたちからも、私の印象を「愛想がよい」「笑顔がよい」などと言ってもらえますが、私の本来の性格は陰気だったと思います。昔の写真を見た妻からは、

「わぁ、暗〜い」

と、からかわれたこともありました。それが大学の友人や先輩などとの出会いによって、

「暗くしていても、しょうがないな」

と感じ、大学入学後1年で大きく変わったのです。

大学時代に交流があった連中はみな明るく自由奔放でした。あまり勉強もせずに、親のすねをかじって申し訳ないと思いつつも、私も楽しく大学生活を送っていました。妻と出会ったのは陰気な私が明るくなって間もなくのころだったと思います。


起業してからは妻も経理を担当するなど共働きでしたので、娘がまだ小学生のころには、私の実家の母に娘の面倒など育児を手伝ってもらいました。金曜の夜や土曜は家族で実家に立ち寄り、お酒を飲むこともありました。

ある時、戦争にまつわるドキュメンタリーをテレビで放映していた際、戦死した実父のこと、私の幼少期のことなどを思い出したのでしょう。

「やっぱり自分は小さい時、寂しかった」

「弟たちが生まれて、俺にだけちょっと対応が違った」

と母に泣きながら話していたことがあったようです。お酒が入っていましたので、私自身はあまり記憶にないのですが、幼いながらも長女がその姿をはっきり覚えていると教えてくれました。

生まれ育ちについては、残念ながらどうもしようがありません。しかし、得られなかったこと、持てなかったことを憂えるばかりではなく、**欲しくても得られなかったものは、自分で作るしかありません。**だからこそ、妻と二人で作る家庭は大切にしたいという思いが人一倍強かったと思います。

私たち夫婦は、ともに子ども時代が不幸だったとは決して思っていません。よくしてもらったと感謝しています。それでも、

「実の両親のほうが気を遣わないよね」

と妻が言ったことがあります。私は実父と過ごした記憶がまったくないため比べようがありませんが、子ども時代に寂しさのようなものを感じていたこともあったのでしょう。

所帯を持ったからには一生懸命働き、家庭を大事にすることは当然のことだと思います。ただ、少なからず自分の生い立ちが、家族を大切にしたいという思いをより強くしていたのは間違いないでしょう。

子どもに託した「努力すること」「あきらめないこと」「健康であること」

所帯を持ってから、妻と二人で千葉県松戸市のアパートで暮らし始めました。勤めていた印刷会社が日本橋の蛎殻町でしたので、電車で40分もかからず通勤できました。土地もまだ安く、東京に出るのに便利ということで、常磐線沿線の松戸や柏あたりには、多くのサラリーマンがマイホームを建てていました。建売住宅でしたが、私が初めて自分の家を持ったのも松戸です。

私には子どもが3人います。上から順に長女の英子(ひでこ)、2年離れて長男の勝勲(かつのり)、さらに3年離れて次男の努が誕生しました。それぞれの名前は、私が英語好きだったという理由で長女は「英子」に、長男は私よりも立派になってほしいと、私の名前である「勲」に「勝つ」で「勝勲」とつけました。次男の「努」は、私の人生で大切にしている「努力」から、努力する男に育ってほしいと名づけたものです。

教育は基本的に妻に任せていましたので、子どもたちに「勉強しろ」と言うことはあま

りありませんでした。その代わりに、

「努力すること」

「あきらめないこと」

「健康であること」

この3つは大切にしてほしいと思っていました。努力すること、あきらめないことについては、とくに娘には、

「人の100倍努力するのは当たり前だ」

「石の上にも3年……、3年、5年じゃまだダメだ……いや石の上にも10年だな」

などと諭したものです。

正月になると私の座右の銘である「**前進努力**」を書き初めとして子どもたちに書かせたこともありました。

また、人生において、健康であることは一番大切です。

そのため、子どもたちには、

「体を鍛えるために運動しろ！」

と言って、学校の運動部に入ることを勧めました。

スポーツをすれば体も鍛えられますし、部活動を続けることで、忍耐力や人に対する思

いやり、あるいは競争心など、いろいろな点で勉強になると思うのです。私の会社に入社を希望する人への面接試験でも、学生時代にスポーツをやっていたかどうかは必ず聞くようにしていました。やはり、スポーツ経験者は目標に向かって努力し続けることができる人が多かったように思います。私の感覚では、スポーツ経験者とそうでない人とは雲泥の差がありました。

スポーツをやるなら、好きなスポーツを見つけることも大事なことです。「好きこそものの上手なれ」ではありませんが、好きなものであれば長続きしますし、頑張りも利くものです。親が勧めたからといって、嫌いなスポーツをやっても意味がありません。

子どもたちには学校と部活動は決して休まないようにも言っていました。

娘には多少の熱があっても登校させました。

「保健室で休んでもいいから、とにかく学校に行け！」

と言うのですから、今の時代では受け入れてもらえないかもしれません。それでも娘は、私の言葉通りに頑張り続け、小・中学校では皆勤賞を受けています。

体力と気力は車の両輪。口癖は「大丈夫、大丈夫」

私も若いころには運動系の部活に励んでいましたし、印刷会社に勤務していたころには日暮里駅前にある致道館（ちどうかん）の空手道場にも通っていました。体とともに気力を鍛えることが目的でした。気力もやはり人生において大切なものです。気力が続かなければ何に対しても頑張りが利きませんし、ネガティブに、悪いほうへ悪いほうへと考えてしまいがちです。そうすると、大丈夫なものも大丈夫でなくなってしまうのです。何ごともあきらめずに我慢して継続するためには、気力が続かなければいけませんし、そのためには体力も必要。体力があれば気力も続きます。**体力と気力は車の両輪**なのです。

私は何か問題が起きたり、苦しい局面に立ったりした時には、「大丈夫、大丈夫」と心の中で自分に言い聞かせます。これは子どもたちに対しても口癖のように言い続けてきた言葉です。娘には、

「気合いだ！　気持ちが入れば大丈夫だ」

とよく励ましました。そのせいもあってか、娘は学校を卒業してから一度も仕事を休んだことはないと言います。これはうれしいことです。

私は映画を観る時にも、アクションものやスポーツものなど、気持ちがスカッとしたり、元気が湧いてきたりするようなものを選びます。現役時代には、営業車に野球のバットを積んでおき、営業先の都庁の中庭などで素振りをして気合いを入れることもありました。気合いを入れれば、気力もよみがえります。世の中は、気力があれば頑張れることは想像以上に多く、これがなくなってしまったら終わりです。

コロナ禍で第99代の内閣総理大臣を務めた菅義偉（すがよしひで）氏が、次の総裁選の不出馬を決めた際、「気力がなくなった」と関係者に話したと聞きました。政治の世界ですから事実はわかりませんが、やはり気力がなければ、大事を成すことはできないということでしょう。

子どもたちが健康に育ったのは、妻のおかげでもあります。妻は栄養士の資格を持っていましたので、いつも栄養価を考えた料理を食卓に並べてくれました。料理上手でもあり、毎日、おいしい手料理を作り、主食に主菜はもちろん、副菜は必ず3品以上は並びますので、おかずはいつも5～6種類ありました。妻の料理をしっかり食べていれば健康でいられる、そう感じさせてくれる食事です。気合いとともに、子どもたちには、

「あとはよく食え！」

と言ってお腹いっぱい食べさせていたものです。

私自身も必死に外で働き、家に帰ればおいしい料理が待っているのですから、ありがたいことです。そのおかげで、現役時代に体調を崩すことはありませんでした。今も好き嫌いなく、なんでもおいしく食べられます。年齢を重ねるごとに食が細くなるような経験もありません。

私は昔の男ですので、「夫が外で働き、妻が家庭を守る」というのが一般的な時代に生きてきました。ただ、子どもたちが生きる時代には、男も女も関係ない、いわゆる男女平等の社会になっていくだろうという思いを持っていました。ですから娘には、

「『女だから』と思うな」

と常々、言い聞かせて育ててきました。性格が私と一番似ているということもあるのでしょうが、おかげさまで娘は歯科大学を卒業して歯科医師となり、現在は開業して歯科医として、経営者として、そして2人の子どもの母親として、多忙な日々を送っているようです。

長男夫婦は4人の子どもとともに私たちと同じ敷地内に住み、地元のつくば市で歯科医

院を開業し、地域のみなさんの治療に励んでいます。そして、一時は私の会社に入社し苦労を重ねた次男でしたが、今はつくば市の隣の牛久市に住み、自分に合った仕事を見つけて会社員として働いています。

歯科医として、会社員としてそれぞれ歩んでいる子どもたちには、これからも自分の好きな道を進んでいってくれればよいと思っています。この先、何が起きたとしても、経済的に困窮することがない限りは、それぞれの考えで信じた道を生きること、それが何よりです。

子育て中はもちろん、社会に出てからも子どもたちには、いろいろな思い出があります。よいことも悪いこともありました。それでも、今、それぞれの人生をそれぞれがしっかり歩んでくれていることは、ありがたいことだと思っています。

愛すべき茨城は、とにかく住みやすい土地

私は生まれも育ちも茨城県で、自分の会社もここに設立しました。そして、今現在もこの地で、残りの人生を夫婦で過ごしていきたいと考えています。なんといっても茨城はや

はり愛着ある私の故郷なのです。

茨城は、生活するには本当によい場所です。災害は少ないですし、気候もよいので農作物はなんでも採れます。実際のところ、2019(令和元)年度の農業産出額は、北海道、鹿児島県に続いて全国で3番目に多い農業県でもあります。しかも海もありますから、海の幸にも恵まれています。こんなに恵まれている土地はほかにはあまりないと自信を持って言えます。

また、JRの常磐線を利用すれば東京駅から土浦駅まで約50分、つくばエクスプレスを利用すれば秋葉原駅からつくば駅まで約45分と、東京まで1時間かからない通勤圏にもかかわらず、土地はまだまだ安いほうです。

以前、青森や北海道の駐屯地で任務につかれていた自衛隊の方が、茨城県の土浦や霞ヶ浦の駐屯地に赴任された際に、

「ここは天国です」

と話されたのを聞いたことがあります。降雪地域であれば雪かき作業に時間をとられますし、雪による農作物の被害や災害などの心配もあるでしょう。それに比べれば茨城県は気候がよくて雪もなく、何もしなくても農作物を採ることができます。

逆にいえば、寒くも暑くもなく、雪も降らず、農作物がなんでも採れる恵まれ過ぎた環

境だからこそ、何も努力しないという県民性もあるのでしょう。恵まれ過ぎていると、頭を使わなくても生きることができるのです。私からすれば、茨城の人間がのんびりしていて緊張感があまり感じられないのは、そんなことに起因しているのかもしれません。

県民性以外にも、それが影響していると思われる点があります。

例えば、前述したようになんでも農作物が採れるがゆえに、全国にアピールできる特産品がないという点です。栗やメロン、レンコン、干し芋、ピーマン、白菜、レタスなど、収穫量や作付面積で茨城県が日本一を誇るものはたくさんあります。全国2位や3位のものまで含めれば相当な数でしょう。

しかし、それらの農産地としての認知度は非常に低いのが現実です。山が多く、工夫をしなければ農作物が採れない山梨県などのほうが、全国的に有名であるのは口惜しい限りです。

「天狗党の乱」で有能な人材を失う

茨城県は、明治維新の際に優秀な政治家を送り出せなかったことが現在も尾を引き、さまざまなことに影響を及ぼしている気がしてなりません。

その大きな理由の一つが2021（令和3）年のNHKの大河ドラマ『青天を衝け』にも登場した「天狗党の乱」です。

水戸藩は、江戸時代に形成された思想「水戸学」を背景に、幕末の尊王攘夷運動の先頭に立っていました。天狗党は、この水戸藩の尊王攘夷派のことを指しています。水戸藩内では改革派の天狗党と保守派との藩内対立も続いていました。それが「八月十八日の政変」（1863〈文久3〉年）で、会津藩と薩摩藩を中心とした公武合体派が、長州藩を主体とする尊王攘夷派を京都から追放したことをきっかけに、水戸藩の実権を保守派が握ってしまったのです。これに対して、天狗党が幕府に攘夷の実行を促すために筑波山で挙兵したのが「天狗党の乱」です。

結局は、幕府が諸藩に追討を命じ、保守派からの攻撃が激しくなったこともあって降伏を余儀なくされました。最終的には劣悪な幽閉先の環境での死者とともに353人が死罪となり処刑されました。天狗党に加担した人々の多くも粛正されたといいます。

ところがそのたった3年後に江戸幕府は終焉（しゅうえん）を迎え、今度は天狗党の生き残りが保守派への復讐を行ったのです。このような激しい藩内抗争が続いたことにより、藩内の優秀な人材が次々に失われました。その結果として、長州藩、薩摩藩に牛耳られた明治維新政府に一人の高官も送り出せないという悲惨な事態となってしまったわけです。

このことは、私を含めた茨城の人々の多くが口惜しく思っています。

江戸幕府で水戸は御三家の一角を占めており、優秀な人材がたくさんいました。しかし、この天狗党の乱から続く一連の出来事で、人材を失い、政界へ出るチャンスも失うことになったのです。

現在でも茨城県から内閣総理大臣は一人も出ていません。これに対して山口県（長州藩）は8人（全国1位）を輩出し、鹿児島県（薩摩藩）も3人（全国4位）を出しています。つまり、今現在に至るまでその影響は続いていて、茨城県は優秀で強い政治家を輩出できていないのです。この状況は県の発展に大きく影響します。やはり地元出身の政治家の鶴のひと声で、いろいろなことが動くのは否めないからです。

つくば市は、研究学園都市ができたことでつくばエクスプレスが開通し、東京まで1時間もかからない便利な地域となりました。昔から「西の富士、東の筑波」と言われ、山肌の色が朝は藍色、夕方は紫に変わることから「紫峰（しほう）」とも呼ばれる筑波山をはじめ、多くの集客が期待できる観光資源がたくさんあります。そのうえ、土地も安く余っているのが現状でしょう。ぜひとも若い世代に頑張っていただいて、政治力、経済力を注入し、茨城の恵まれた環境をうまく活用してほしいと願っています。

のんびりおっとり、人のよい茨城の県民性

前述の通り、茨城県人は「人がよい」というのが特徴ですが、私には人がよすぎて、のんびりしているようにも感じます。ふわーっとしていて、ガツガツした人もいません。つまり、悪く言うと商売っ気がゼロなのです。

昔から、水戸の住民気質を表す言葉に、「水戸っぽ」がありました。「怒りっぽい、理屈っぽい、骨っぽい」の三つです。一説ではこれが、「怒りっぽい、忘れっぽい、飽きっぽい」の「茨城の三（さん）ぽい」に変化したと言われています。

水戸は徳川御三家の一つでしたから、お高く止まっているイメージから「水戸っぽ」が

生まれたのかもしれません。

怒りっぽい、骨っぽいのは、天狗党の乱を見てもわかります。また、理屈っぽいという部分では、弘道館の影響もあるのではないかと思います。弘道館は水戸藩の藩校で、1841（天保12）年に第9代藩主の徳川斉昭（なりあき）により開館されました。学問・武芸から医学・薬学・天文学まで幅広い分野の武士教育を行い、当時としては全国最大規模の藩校で、最盛時には約1000人が学んでいたといいます。ここを舞台に発展を遂げたのが「水戸学」です。ですから、茨城にはもともと教育熱心な風土があり、頭のよい人材もたくさんいたため、そこから理屈っぽさが生まれたのではないでしょうか。

室町時代末期に書かれたとされる『人国記（じんこくき）』（作者不詳）という地誌があります。これには、日本各地の国（律令国）ごとに、その地域の人々の風俗、とくに武士の気風について述べられています。その中の常陸国（現在の茨城県）の項には、

「昨日味方にて今日は敵となるの風儀は、千人に一人もなし」

とあり、室町時代から律儀で義理堅い性格であると見られていたようです。

この場合の律儀とは、私が会社を経営していた時に感じた、古いやり方を貫き通し、新しいものをなかなか取り入れようとしない気質とも受け取れるのではないでしょうか。

私が商売をしてきた中で見てきた茨城の人たちは、言ってはなんですが根性というものがあまりないと思うのです。これは、私が一度、東京に出たからこそわかったことでもあります。茨城の人間は、基本的に裕福で恵まれているので努力する必要が一つもないのです。

地方ではありがちなことですが、茨城では今でも長男を優遇し、特別扱いする傾向が顕著です。財産を分割して子どもたちに相続させることはほとんどなく、長男が全部受け継ぎます。長男以外のきょうだいは、「判子代」としていくばくかのお金を渡され、相続放棄の書類に判をつくのです。仮に何億円もの財産があったとしても、です。

しかし、私が大学を卒業して日本橋の印刷会社で働いていたころに各地方から東京に出て来た人たちは、みんな奥さんと一緒に一生懸命働いてマイホームの頭金を貯めていました。そこからローンを何十年か組んでやっと土地を買うのです。東京に出て来るというのは、たいがいが地方の次男坊、三男坊でしょう。そういう人たちには、一生懸命働いて、貯金して、家を建てて……という根性がありました。

ところが、茨城県の長男は、驚くほどまったく何もしません。言葉は悪いですが、「ぼーっとしている」というのがピッタリなのです。そんな長男たちが茨城で家を継ぐのですから、「茨城は東京よりも3歩も5歩も遅れている」と私が感じたのも致し方ないことだったのだと思います。

恵まれ過ぎているからこそ、なんとかしなければならないと感じる部分が数多く見えてくる茨城県ではありますが、私にとっては愛すべき故郷です。

万葉集にも詠まれた筑波山をはじめ、徳川御三家の一つとして高い格式を誇った一橋徳川家、水戸学を発展させた弘道館、日本三大庭園である偕楽園……歴史的価値があり、誇れるものもたくさんあります。

また、関東平野の一部である常総平野が広がり、利根川、鬼怒川などの水源にも恵まれ、県の東は太平洋を臨みます。山の幸、海の幸ともにおいしいものばかりです。

この茨城県の恵まれた美しく豊かな環境を、若い世代の人たちがよりよい形で発展させ、さらにその次の世代へとつなげていってもらいたいと心から願っています。

「人生100年時代」を楽しく生きる

～輝ける未来のために今できること～

第5章

好きなことになら時間も作れる、やる気も起きる

私と同年代、あるいはもう少し若い人でも、退職後に家に引きこもってしまったり、孤独を感じてしまったりする人の話をよく耳にします。

しかし、80歳を迎えた私の場合は、いまだに「何かをやりたい」という気持ちが強く、やりたいことがありすぎて、日々の生活の中でも家の外でも忙しい毎日を送っています。

私の1日は朝5時半に起きて同居する孫を学校に送り届けることから始まります。その後、1時間半程度は散歩に出て、8000〜1万歩は歩きます。今では歩かないとなんだか体の調子が悪くなって気持ちが悪いぐらいです。何より歩いていると足腰の調子がすこぶる快調です。

帰宅後は、軽トラックを運転して近くの畑へ行き、農作業をします。とくに夏の季節は、少しサボると雑草だらけになるのでまめな手入れが必要です。2000坪ほどの広さがありますから、炎天下でも2〜3時間は畑にいます。畑仕事は、自分で種をまき、芽が出た

ら世話をし、実ったら刈り取る繰り返しです。自分の手で育て上げたものを自分や家族とおいしくいただくのが畑仕事の醍醐味といえましょう。

私と同年代の人でも、

「もう足や腰が痛くて散歩もできない」

と嘆く人がいますが、**できないのではなく、できないように自分がしているだけ**です。歩かないから散歩ができなくなる、散歩もしないから余計に足腰が弱ってくる。それだけのことです。最初は10分でも20分でもよいので歩いてみる。それを少しずつ延長して30分、30分できたら、40分、50分……と続け、1時間にしていけばよいのです。

若い人なら多少動かなくても問題はないでしょうが、とくに70歳を超えると、毎日1時間ぐらいは歩いていないと、だんだんと体力が落ちて体が衰えてしまいます。

農作業の合間を縫って、趣味や習い事などにも行っています。これも、

「時間がないからできない」

と言う人がいますが、それは言い訳です。時間は「ない」のではなく、「作らない」だけで、「時間がない」と言うのは「やる気がない」と言っているのと同じです。

趣味や習い事を始める場合に、「周りに勧められたから」「みんながやっているから」、と

好きでもないこと、さほど興味のないことをやろうとしても続かないのは当然です。それこそ、「好きこそものの上手なれ」です。とくに私のように人生に一区切りがついた世代の人であれば、好きなことを思う存分に楽しむことが大事だと思います。

私は英語が好きで、大学も英語を学べる大学のみを受験しました。この「英語が好き」という思いは、80歳になった今でも変わっていません。妻からは、

「何年、英会話やってるの」

「いつまでやるの」

などと年中言われていますが、好きだから続きますし、続けたいのです。大学卒業後は仕事に忙しく、ほとんど英語に触れることはありませんでした。私の場合、仕事を離れ、70歳を過ぎてから急に、

「今の時代、英語と中国語ぐらいはできなくては！」

と思い立ち、教室に通い始めました。教室には、私よりも高齢の女性はいますが、男性では私が最年長者です。

若いころと違って、いろいろ大変なこともあります。週2～3回通っていますが、授業はオールイングリッシュです。内容がわからなければ意味がないので、事前に辞書を引き

ながら教科書を全部日本語に訳し、授業に臨みます。授業自体は75分ですが、予習にはその3倍の時間がかかるでしょうか。やはり若いころに比べれば覚えは確実に悪くなっていますので、そのぐらいやらないとついていけないという事実もあります。

中国語は新たに始めたのですが、やはり1年、2年で覚えられるものではありませんので、まだ簡単な受け答えができるくらいの段階です。

外国の方と年中仕事で取引をしていたり、家庭内で英語や中国語で会話していたりするのであれば別ですが、英語でも中国語でも、耳から入ってきた言葉を即座に理解するまでには時間がかかります。私の場合、英語については学生時代にもやっていたので知識としてはある程度わかっています。

私を教えている先生は、

「思い切って、アメリカでもイギリスでも英語圏に半年ぐらい行ってみたらどうですか？現地で生活をしながら会話をすれば、すぐに慣れてしまいますよ」

と言ってくれます。半年という長期滞在は難しいかもしれませんが、

「海外にできる限り長い期間滞在して、英会話を上達させたい」

これも新たに私のやりたいことの一つに加わりました。

また、英会話の教室に通うことで、年代の違う若い人との交流ができるのも楽しいもの

です。自分の子どもたちよりも若い30代の人たちと、授業のあとで一緒にお茶を飲んだり、妻も呼び出して一緒に寿司屋に行ったりなどの交流を楽しんでいます。

人生、まだまだこれから！　やりたいことはいっぱい！

80代になった今、やりたいことは何かと聞かれれば、

「いっぱいあるよ！」

と答えます。前述した英語や中国語、そして読書はもちろんですが、社会奉仕、ゴルフ、短歌、書道、万葉集、音楽、ダンスと、すぐに思いつくものだけでもこれだけあります。

社会奉仕は現役時代にもやっていて、ライオンズクラブには30数年所属していました。現役時代は寄付することで社会貢献の役割を果たしましたが、これからは、お金だけでなく、それぞれの立場でできることをしていきたいと思います。

例えば、私は今、畑の採れたて野菜を長男の歯科医院に届け、「ご自由にどうぞ」と貼り紙をして患者さんに無料配布しています。小さなことですが、これも一つの社会貢献だと思います。無理のない範囲でできることを探してみる、これも楽しいことではないでしょ

うか。

以前に比べて出かける回数は減りましたが、ゴルフも相変わらず好きです。ゴルフに限りませんが、スポーツは体がダメだとまったく面白くありません。日々体を動かしていないとゴルフもできなくなってしまいますから、そのためにも体を動かすようにしています。

若いころ、本屋さんをやりたいと思ったほど好きだった読書も、今では時間が足りなくなってしまっていますが、これからやりたい短歌や万葉集などは、本を買ってきて勉強しようと思っていますので、読書の機会もおのずと増えるでしょう。今は、本を読まなくても、スマホやパソコンなどネットでなんでも調べたり、学んだりできる時代ですが、私はスマホやパソコンは苦手で、昔ながらの紙の本や資料が一番という古いタイプです。

そうは言いつつも、時代に乗り遅れてはいけないという思いもあり、スマホ教室にも通っています。年配者でスマホを持つ人は10年前にはそれほどいませんでしたが、ここ数年でずいぶん多くなりました。

私がガラケーからスマホに切り変えたのは周囲よりもそこそこ早く、約6~7年前のことだったと思いますが、正直なところ、なかなか難しいというのが実感です。端末の性能はものすごいスピードで向上し、さまざまなことができるようになっているのに、そのスピードについていけません。しかし、それを「年だから仕方ない」と放置するのはよくないと思うのです。

サボりがちなスマホ教室に顔を出すと、スタッフの人や顔見知りの人に冷やかされることもありますが、行かなければ今にも増して、どんどん時代に取り残されてしまいます。

スマホに限らず、新しい技術が世の中に出てきたら、「面白そうだ、試してみたい」という気持ちを持つことは大切だと思います。新しい時代にマッチした空気を少しは吸っていないと、時代に遅れてしまうからです。現役の人や、60代半ばぐらいまでならそれでも問題ないでしょうが、70代、80代になると、それではダメです。

近ごろ「人生100年時代」という言葉を頻繁に耳にするようになりました。今、後期高齢者と呼ばれる人たちでも、この先まだ20年、30年と人生は続いていくのです。古いものや、古いやり方を大事にすることは悪くはありませんが、**「年齢を重ねてきたからこそ、少しでも時代に合ったものを体験しなくてはいけない」**と私は思います。

進歩がなければ人生つまらない

私が若い世代に一番言いたい言葉は、「いろいろなことに挑戦してみよう!」です。誰でも一生は一回しか生きられません。だからこそ、常にチャレンジしてほしいと思っています。私のように、

「サラリーマンでなく、会社を興して、社長になる」

そう決めて進むのも挑戦です。

仕事に向き不向きがあるのはわかりますが、少なくともそういう気持ちを持って生きていなければ、人生が楽しくないと思うのです。

今の若い人は、

「高給はいらないから安定した会社で楽をして、普通に生活できればいい」

「給料もあまり上がらないから、仕事はそこそこでいい」

と言う人が多いと聞きます。そういう人たちは、仕事の楽しさについてもう少し考えたほうがよいのではないでしょうか。

仕事の楽しさは自分で探すしかありません。

私は、毎日生活していくには進歩がなくてはつまらないと考えています。あきらめたり、現状を維持しようとしたりするのではなく、進歩する方向で考えてほしいのです。もちろん、多少の苦労はあるでしょうが、それを乗り越えれば、必ず道が開けてきます。

また、同じサラリーマンでも、私のように起業しようと考えてはいるが、諸々の事情でできていない人と、起業なんてしょせん無理だから雇われの身でよいと、いわばあきらめてしまっている人とは大きく違います。なぜなら、起業しようとして果たせないでいる人は、少なくとも挑戦する気持ちや、何か工夫をしようとする意欲を持っているからです。

ただ、厳しいことを言わせていただくなら、「会社を興したいのに興せていない」ということは、やはり努力不足なのです。「人の2倍、3倍の努力をせよ」と言う人もいますが、それで足りなければ、人の4倍努力すれば、たいていのことはできるものです。

私は仕事が好きですが、仕事が好きか好きになれないかは、仕事をどのようにとらえるのかが大きなポイントになってくると思います。

会社を興すとか独立するということは、最終的には裕福になりたいということに通じます。裕福になればいろいろな道が開けるでしょう。

世の中はすべてお金次第とは言いたくありませんが、それでもお金次第でいろいろな可能性が広がり、さまざまなことを達成できるのは確かです。何にも挑戦せず、何もやらないでいると、結局はいろいろなことを我慢することになり、人生すべてに制約がかかってしまうのです。

例えば、今どきは所帯を持つのにもお金がかかります。子どもができれば教育にも制約ができるでしょう。それ以外にも、マイホームを建てたい、高級車が欲しい、旅行がしたい、あるいは自己研鑽（けんさん）のために学びたい、海外留学したい……、これらすべてにお金は絡んできます。

逆に言えば、お金があれば夢は広がり、生きる活力も出てきて、人生も楽しくなります。そのためにも一生懸命に努力をし、仕事をしてお金を稼ぐのです。今の時代には、なかなか難しいことかもしれませんが、結局のところ人生に夢を持つことが大切なのだと思います。そのほうが人生、何倍も楽しくなるのではないでしょうか。

一生懸命稼いだお金は、自分のためだけでなく、人のために使うことを考えてもよいでしょう。恵まれない人々が少しでも救われるように、ユニセフなどの慈善団体や慈善事業に寄付するのです。そういうお金の使い方で心が満たされる人もいると思います。

「安定志向、現状維持が一番」

と言う人は、はたしてそれが本心なのか、それとも自分にそう言い聞かせ、納得させているだけではないのか、今一度、よく考えてみてください。

はやりも廃りもない、「地に足のついた仕事」に目を向ける

「職業に貴賤なし」といいますが、若い人たちには、できれば地に足のついた仕事に目を向けてもらいたいと思います。地に足のついた仕事とは、物を右から左に流して手数料を取るような仕事ではなく、工場を持つ企業のような、物作りを主体とした仕事です。

私もかつてゴルフ会員権の転売をしていた時代がありました。しかし、それは本業があったうえでの副業です。ゴルフ会員権の転売でやり方がわかり、多少潤ったからといって、それを本業にする気持ちはまったくありませんでした。

私は、仕事の王道はやはり物作りであるべきだと考えています。いわゆる商売の中の「核」となるのが物作りです。すべての商売は、そこから派生して成り立っているのです。

私は営業畑の人間でしたが、印刷会社を設立した時には、「工場を持ち、一から物を作

る」という確固たる思いがあり、最初から機械を入れることにこだわりました。自社で物作りができる環境があること、それが私にとっての仕事の王道だったからです。

物作りを軽視しては絶対にいけません。物が作れることに勝るものはないのです。

かつて世界を凌駕（りょうが）した「ものづくり立国、日本」ですが、近年では欧州企業や、中国をはじめとする新興のアジア企業にその地位を脅かされています。とくに中国などは膨大な労働力を武器にたくさんの工場を作り、かつての日本の勢いそのままに、一気に「世界の工場」の地位に昇りつめました。

現在、さまざまな製品の回路に使われる半導体は、コロナ禍で大量に不足し、各国、各企業が争奪戦を展開しています。しかし、1980年代後半から1990年代はじめの日本の半導体は、世界の過半数のシェアを持っていたのです。それが近年では約6パーセントにまで落ち込んでいます。これは、今の日本の低迷を如実に物語っていると思います。

かつての「ものづくり立国、日本」の復活ではないですが、少なくとも若い人たちには、派手で華やかな仕事ばかりに注目したり、憧れたりするのではなく、**地に足のついたはやり廃りのない仕事に目を向けてほしい**と思います。

それが、若い世代が元気になり、日本を元気にする原動力につながると思います。

教育者、教育が何よりも大切

80歳を迎える私から今の若い人たちを見ていると、ガッツや気概がないというのでしょうか、どうも覇気がないように思えて、とても残念に感じます。

前述しましたが、私は畑仕事が好きで、農作業をするのが日課です。猛暑の日も、氷点下の日も、朝は畑に行って2時間も3時間も体を動かしています。家に帰ると8時近くになりますが、忙しく体を動かすおかげで体調もよいですし、夕飯時のビールもうまい。

「お金にもならないことで、よくもまぁそんなに働いて」

と妻にはあきれられますが、お金になんてならなくてもよいのです。そうではなく、ただ自分が「畑仕事は楽しい！」という思いで続けています。楽しいことは続けられます。

先日、2021（令和3）年のノーベル物理学賞に、米国プリンストン大学の眞鍋淑郎さんが決まりました。地球温暖化予測研究の功績が認められてのことです。受賞が決まった会見の中で彼は、こう語りました。

「私は本当に気候変動の研究を楽しみましたし、すべての研究活動を後押ししたのは好奇心でした。研究が楽しくて仕方がなかったのです」

この会見を見た私は、まさしくわが意を得たりと思いました。もちろん、ノーベル賞が取れるほどに研究を続けてこられたことには大変なご苦労があったと思いますが、ここで私が注目したのは、**「楽しいことは続く。楽しいことは続けられる」**という言葉です。

しかも眞鍋さんは私より先輩の90歳です。久々に明るい気持ちになるニュースでした。

私は人間の形成は、根本的には小学生から高校生ぐらいまでの子どもたちを導く先生方の力にかかっていると思います。このぐらいの年ごろの子どもたちを導くことは、本当に難しいことです。人生についてしっかり教え、導いていかなければ、子どもたちの考え方がネガティブな方向へ向かってしまうことにもなりかねません。内にこもって、「どうせダメだ。もう、どうでもいいや!」と投げやりになる子もいるでしょう。

もちろん教育とは、学校だけでなく家庭で担うべき部分も多くあるでしょう。その家庭の教育方針にのっとり、子どもたちが自分の軸を構築していけるように導くのは大切なことです。私は家庭には家庭の、学校には学校のすべき教育というものがあると思えてなりません。

戦後最大の人気を誇ると言っても過言ではない政治家に田中角栄がいます。晩年をロッキード事件などお金に絡む悪い話で汚してしまいましたが、彼は教育が国家繁栄の基礎と考え、優秀な人材を確保するため、教員の待遇をよくする「人材確保法」（１９７４〈昭和49〉年）という法律を作り、

「教育で一番大切なのは義務教育だ。小・中学校の教育をしっかりやればいいのだ。それにはよい先生を集めなければならない。よい先生を集めるためには月給を高くしなければならない。一般公務員よりも先生の月給を3割高くしろ」

という言葉を残しています。当時、この法律ができたことで教員試験の倍率は上がり、やる気のある優秀な人材が現場に入り活気づきました。

先生の質が上がれば、おのずと子どもたちへのしっかりとした教育が期待できます。この田中角栄の言葉の通り、私もやはり、子どもたちにとって、教育、そして教育者が何より大切なのだと確信しています。

「無理だろうな」と思いながらやることに意味はない

本書にも何度か書きましたが、私は、あきらめない粘り強い営業がモットーでした。しかし、このあきらめない粘り強さが今の若い人たちには希薄に感じます。

私がそんな話をすると、

「あなたみたいな考え方は古くて、今じゃもう通らないよ」

と妻から言われてしまいます。ただ、時代は変わっても、営業はもちろん、仕事に対する姿勢は変わらないものではないかと思います。

勤めていた印刷会社では、最後は課長職でしたので部下も抱えていました。部下に、

「おまえ、A社に何回行ったんだ？　もう1回行ってこいよ」

と社名を出して指示しても、部下はそこに行こうとしません。理由を聞くと、

「4～5回行きましたが、会ってもくれないから、もう無理です」

と言うのです。

無理＝やらないということです。これではいけません。そもそも「無理だろうな」と思いながら行って成功するはずがありません。なぜなら「無理だ」と思った瞬間に、すべてあきらめているのと同じだからです。「無理」から「やってみる」に変えてみることが大切

です。

勉強でもそうです。勉強ができる人は、「あの学校に入るのは多少厳しいかもしれないけれど、挑戦してみよう！」と思って勉強しているはずです。だからこそ、よい学校に進学できるのです。反対に、「どうせ自分なんかあの学校に入るのは無理だろうな」と思っている人は、スタートラインから気持ちが負けています。

私の現役時代、とくに東京の営業マンは、何度も反復してやり続けることができないように感じました。それが東京のスマートな営業スタイルなのかもしれませんが、しつこさや粘り強さが感じられません。つまり、嫌な思い、カッコ悪い思いをしたくないのです。

嫌な思いや、カッコ悪い思いをすることは仕事の始まり――出発点です。そこから先が本当の勝負です。そこに一歩踏み込まなければ先には進めませんし、結果も出ません。

「営業は断られた時から始まる」

というのは、そういう意味です。まず、**気持ちを「無理だろうな」から「やってやろう！」にシフトさせる。**そこから始めてみるとよいと思います。

基本をベースに、自分なりのスタイルを上乗せしていく

〝営業〟という職種に苦手意識を持つ人は多いようですが、ビジネスの基本は営業です。営業ができずに大きく成功するのはなかなか難しいことなのではないでしょうか。

いくらよい商品やサービスを作っても、その仕組みや、それを取り入れるメリットをしっかりと説明する人間がいなければ商品やサービスは売れず、会社は伸びません。新たに開発される商品のうち、ヒットするのはそのうちの1~2パーセントもないと言われます。だからこそ、それをヒットさせる仕掛け人が必要なのです。

逆に言えば、それらをしっかり説明できる人、仕掛け人が増えれば増えるほど、会社はどんどん伸びていくということです。営業力のある会社は強いのです。

私は、よい商品を企画する↓それを工場できちんと製作できるシステムを作り上げる↓作った商品を営業の人が売る、というスタイル、これがビジネスの基本だと思っています。

何ごとにおいても安直に世の中は進みません。

「駆け出し3年、普通で5年、まともになるのが10年」

今の時代においても、この程度は最低かかると思っています。それを我慢できなくて、2

年か3年、場合によっては1年もしないうちに独立し、商売をスタートさせてしまうというのは、私に言わせれば論外です。これは、営業で2~3回断られたら、「もう無理だ」とあきらめて行かなくなってしまうのと同じです。

私は営業の仕事が好きですが、自分では営業は上手くないと思っています。だからこそ、相手に何か訴えるものが出てくるまで、そして相手がこちらの話を聞いてくれるようになるまで時間をかけました。誰も、ふらっと来た、あまり知りもしない人の話に耳を傾けてくれるわけがありません。何回かお会いしているからこそ、なんとなく話ができるようになるのです。それが世の中の理屈、道理です。

私が述べていることは、一般的なことばかりかもしれません。しかも、昔の古いスタイルなのでしょう。とはいえ、このスタイルは私一人が生み出したものではなく、多くの人が先人に教えられ、それを自分の体に染み込ませ、実際に行動に移すことで覚えてきたものばかりです。それをベースに自分なりのやり方をプラスして、自分のスタイルを見つけていくのです。

人と話をし、自分の主張を受け入れてもらう――つまり商品やサービスを買ってもらうためのプロセスをどのように創り上げていくかは、その人の工夫次第です。相手とどのように接すればコミュニケーションをとり続けられるのか、営業力にこのコミュニケーション能力が必要なことは言うまでもないでしょう。

スポーツでも勉強でも、基本を知らなければ上を目指すことはできません。私の考えが古いというのであれば、そこに今の時代に合ったやり方をプラスしながら、自分なりのやり方を見つけてほしいと思います。

子どもたちに伝えてきたこと

教育は基本的に妻に任せていた私ですが、子どもたちには幼いころからいろいろとビジネスの話をしてきました。若い人の参考になればと、その一部をいくつか紹介します。

子どもたちには、常々、「節約しても本だけは買え」と伝えていました。**知識は盗まれない財産**だからです。おかげさまで子どもたちも本好きで、長女はメンタル歯科医として初の著書『強運は口もとから』を出版したほどで、父親としてもうれしい限りです。

私は、本を購入して読むことも大切ですが、世の中を知るという点では書店に足を運ぶことも大切だと思っています。週に2~3回は出かけて、今、どんな本が売れているのか、どんな本が平積みになっているのかを見るだけでも、世の中や社会の動きかがなんとなくわかるからです。

私自身はやはり紙の本が好きなのですが、最近はデジタルブックなども広く読まれるようになってきました。パソコンやタブレット上で、欲しいと思った本がすぐに読めるのは素晴らしく便利なことです。しかし、デジタルブックの普及で、書店に出かける機会が減り、書店で思いもよらない本と出会ったり、世の中の動きや雰囲気を把握したりすることは難しくなりました。そういう点では、この先の時代にも紙の本、書店というものも残っていってほしいと思っています。

また家族でレストランに行った時には、周囲をよく観察するようにも伝えていました。例えば、

「この店は誰が仕切っているのか」

「キーパーソンはどの人なのか、そしてそれはなぜなのか」

といったことを自分の目で確認するのです。

ほかにも、店内のしつらえを見たり、壁などをこっそりたたいて音を聞いたりして、物

を見る「目」や、物事をビジネスの観点で考える習慣をつけるよう、折りに触れて話すようにもしました。

お金の使い方についてもよく話しました。

お金を少しでも貯めたいという人が、爪に火をともすようにして節約に走ることがありますが、私はあまり賛成しません。もちろん、お金を湯水のごとく使っていては貯まりようもないのは言うまでもありませんが、節約することで得られるお金には限度があります。

例えば、20万円の給与がある人が、飲まず食わずの生活をして18万円貯めたとしても、結局貯まるのは18万円です。それなら50万円稼げるようになればよい。そこから10万円使ったところで40万円は貯まるのです。つまり、節約することに血道を上げるのではなく、お金を生み出すことを考え、そこに投資するのです。

かつて、マイホームの購入を考えていた長女に、こう伝えたことがあります。

「最初から自宅なんて買うんじゃない。まずは歯科の会社を設立し、会社に投資するのが先。自宅を買うのは会社がしっかり回るようになってからだ」

この助言を素直に聞いた長女は、ずいぶん長い間、狭いマンションで生活をしていました。今では会社も順調で、気に入った自宅も購入できたようで喜んでくれています。

娘が大学を卒業して歯科医になり、最初の職場を探す時はこんなアドバイスもしました。

「優秀な歯科医の下で修行し、一流の技術を間近に見て勉強しなさい。最初は給料や待遇などを気にしてはダメ。教えてもらって給料がもらえることに感謝しなさい」

せっかく身に着けるなら、一流の技術を身に着けるべきと考えるからです。

若い人の中には、新米のうちから給料や待遇に不満を持つケースも多いそうです。私自身のサラリーマン時代や、会社をやっている時にも、そのような人にしばしば遭遇しました。しかし、私に言わせればそのような考え方は言語道断です。何もできないうちから文句を言うのは百年早いと思います。

娘は私の助言通り、当時、銀座で著名なドクターのいる歯科クリニックに就職しました。自分のクリニックを開業した今でも、当時身に着けた技術や経営方針などが現在の礎になっていることに感謝していると話してくれます。

私はこのようなビジネスや経営にまつわる話を、子どもたち――とりわけ長女に対して――に、ことあるごとにしてきました。長女は私と性格が似ていることもあり、言いたいことも言い合える関係でしたので、息子たちよりも厳しく、そして3人きょうだいの長子としてしっかりするように育てました。

ビジネスや経営について以外にも、人としての在り方や考え方について話す機会も多くありました。妻ほどではありませんが、基本的な立ち居振る舞いについて厳しく伝えたこともあります。私の帰宅時、玄関の娘の靴がきちんとそろっていないと、夜中であってもたたき起こして、そろえさせていたほどです。厳しい言葉もかけたと思いますが、よくそれに応えて育ってくれたと思っています。

愛される高齢者、尊敬される年長者になるための心得

私は、自分自身が愛される高齢者、尊敬される年長者であるかどうかは、よくわかりません。しかし、高齢者が嫌われる理由については、いくつか思い当たることがありますので、ここで述べておきたいと思います。

まず、あまり昔の話はしないこと、自慢話をしないことが挙げられます。

私もこの二つについては自ら率先して話すことはありません。もちろん、人から聞かれればお話しすることはあります。例えば、

「どうしても仕事がうまくいかない。こういう時はどうしたらいいのか」

そう聞かれたら、私に知識があることならば喜んでお話しします。仮にその答えが相手に言いづらいことであったとしても、きちんと伝えるようにしています。

そうは言うものの、年配者のほうから、「俺には経験も実績も成功体験もある。なんでも答えるからどんどん聞いてくれ」としゃしゃり出てはいけません。聞かれてもいないのに、こちらから話をすると、どうしても押しつけがましくなってしまいます。とくに古い話は、そうなってしまいがちです。

若い世代が、年配者の助言に耳を傾けるのを嫌がることは承知しています。私が若いころも同じでした。しかし、人生においては、どうしても伝えていかなければならないことがあります。時代を超えて正しいこと、若い人にとってヒントや突破口になることも多いのです。そのためにも、聞かれてもいない昔話や自慢話などを話すのはやめましょう。

また、年配者が若い世代と話す時に、つい言いがちなのが、

「そんなことだから、若い者はダメなんだ!」

「近ごろの若い者ときたら情けない……」

など、世代全体をひとくくりにして否定する言葉です。そうではなく、

「○○さんなら、頑張ったら絶対できるよ」

「心配しなくても△△さんなら大丈夫だよ」

など、元気づける言葉をかけてあげてほしいと思います。ポジティブな励ましの言葉を2〜3個盛り込むだけでも相手の気持ちが変わってきます。

また、積極的に人を褒めることも大切です。それも、その人に面と向かってでなく陰で褒める。これが大切だと感じています。

加えて、**人の悪口を言わない**ことも大切です。

私は、若いころから人の悪口は絶対に言わないようにしてきました。妻と娘が女同士の悪気のない軽口をたたいているのを聞いた時でさえ、

「人様のことをそんなふうに言うな！」

と怒ります。

悪口を言うのは単なるストレス発散と考える人もいますが、そうではありません。周囲の人を不快にさせるうえ、言った本人の評価も下げます。ストレスがたまってイライラするのであれば、私なら食べること、運動すること、大声を出したり、人と話をしたりする

ことで解消します。

おしゃべりは、たとえ他愛のないものだとしても楽しいものです。家族以外の人とも、もっと積極的に会話するようにしてみてください。ただし、押しつけがましかったり、説教じみていたりすると、若い世代だけでなく、同世代の人にも嫌がられます。

その場にいる全員が楽しく平和で明るい気持ちになるような会話をすることが、少なくとも愛される年輩者でいるための心得だと思います。

干渉しすぎない夫婦関係で幸せな80代に

年齢を重ねていくと、やはり夫婦がすべての人間関係の最小単位であり、一番大切にすべきものだとつくづく感じます。

23歳で私と所帯を持った妻は、専業主婦として会社員時代の私と家庭を支え、東日本印刷を興してからは経理も担当してもらいました。これまでけんかもたくさんしましたが、おかげさまで「別れる」「別れない」の話に至ったことはなく、言いたいことは言い合える関係でもあったと思います。

うまく夫婦をやってきた秘訣はなんなのかを考えると、

お互いあまり干渉しないこと、尊敬し合うこと。

これが私たち夫婦の共通した答えでした。

「あれをやってはダメ」「これをやってはダメ」などと互いに口出ししたり、かまったりしないのです。

正直なところ、私たちの趣味はあまり合いません。現役引退後には、私たち夫婦も二人で同じ趣味を持とうと、私の好きなゴルフに一緒に行ってみることもありました。ただ、これがまったくダメで、妻は一切興味を持ってくれません。そのほかにもいろいろと何か一緒にできることを探した時期もあったのですが、それもやめました。若いころは一緒に出かけることもありましたが、最近は別行動も多くなりました。

夫婦の会話がまったくないという高齢夫婦もいると聞きます。私たちは1日中、別々の部屋で自分の好きなことをして過ごしていますが、それでも毎日会話をしています。料理好きな妻は今でもしっかりおいしい料理を作ってくれますので、食卓では必ず顔を合わせ、自然と会話も弾みます。

この年齢になると、残念ながら少しずつ友人や知り合いが旅立ち、寂しさをかみ締めることも多くなってきます。死ぬのは自然の摂理ですから致し方ないにしろ、孤独で孤立してしまうのは避けたいところです。そのためにも、まずは最小単位の夫婦の関係を大切にすることです。

とくに現役世代の人たちは、現役引退後の生活が寂しいものにならないように、このことは忘れないでほしいと思います。

「人生100年時代」に大切なのは健康な体と気力

私の周りの同年代の人の中に、しょっちゅう「孤独だ、寂しい」と口にする人がいます。もちろん面と向かって言えることではありませんが、私から言わせればそういう人は、自分で自分を孤独にしているようにしか見えません。

「自分はずっと会社人間だったから会社しか知らない。だから何をやればよいのかさっぱりわからない」

などとボヤくのは、挑戦しないこと、行動しないことの言い訳です。たとえそうであったとしても、何か見つければよいだけのことです。

定年退職後に暇を持て余し、奥さんの後ろばかりをついて回る「濡れ落ち葉」と称される男性も散見します。それも70歳になるかならないかの年齢の人たちです。これでは絶対ダメです。身の回りを見渡せば、やること、やれることはいくらでもあります。ゴルフやトレッキングなどのスポーツ、囲碁や将棋、カラオケなどの趣味、俳句や短歌、写経や書道をしてみてもよいでしょう。地域活動を通して、地元の歴史や自然を調べたり、観光ガイドや語学ガイドのボランティアをしたりするのも素晴らしいと思います。

また、現役引退後に自己管理ができず、ダラダラと怠惰に過ごす人も多すぎます。これもいただけません。朝あるいは前の夜に、一日の計画を立てるだけでも大きく違います。

例えば、朝の7時は散歩の時間、8時からは朝食の時間、午前中は趣味の時間……と決めてしまうのです。

自分なりの決まりごと、時間割を作り、自分で自分の時間のコントロールができれば、生活にメリハリも出てきます。

現役を引退したのだから、時間に追われることなく過ごしたいと思う気持ちもあるでしょうが、それも数日やれば十分でしょうし、たとえ時間割を作ったとしても、ボーッとする時間はあります。そこは自由な身なのですから臨機応変に対応すればよいでしょう。あらかじめ1日の計画を立てていると、1日中ボーッとして、いつ起きて、いつ食べて、いつ寝たのかもわからず、いつの間にか日が暮れた……ということはなくなるはずです。

「人生100年時代」に、自分らしく、そして悔いなく残りの人生を生きる。人生楽しく、最後まで自分らしく生きていきましょう。

そのためには、健康な体と気力が何より大事だということを忘れてはいけません。

適度に体を動かしましょう。体がつらいからできないのではなく、やらないから体が動かなくなり、つらくなるということを理解しましょう。毎日少しずつでも体を動かす習慣を取り入れるのです。

気持ちを明るく持ちましょう。テレビや新聞など、さまざまなメディアで高齢者問題が取り上げられているのを見聞すると、不安があおられて気分が暗く沈んでしまう人もいるでしょう。しかし、ネガティブに考えてはいけません。ネガティブな思考は、気持ちを悪い方向へ悪い方向へと導き、行動したり新しいものに挑戦したりする気力さえなくしてしまいます。

この先、20年、30年と続く人生の長い時間を、暗く沈んだわびしい毎日にするのか、好きなことを続け、新しいことに挑戦しながら楽しく過ごすのか——。どちらがよいのか、答えはおのずと出ているのではないでしょうか。

70歳からは、私たちの人生における〝ゴールデンタイム〟。それが文字通り輝かしいものになるかどうかは、今の自分次第です。

おわりに

「人間はなんのために生まれてきたのか？」

これは、人間にとって永遠の課題です。


人は、働くためだけに生まれてきたわけではありません。

しかし、**人は「働く」ということを通して、人間関係や人情、責任、やりがい、楽しさなど、さまざまなことを学びます。**

人間には、一人ひとりに必ずさまざまな能力が備わっています。それを十分に発揮するために、私たちは生まれてきたのではないかと思います。

私自身も若い時はがむしゃらに働きました。最終的に自分が思ったような幕引きではなかったとはいえ、仕事人生に悔いはありません。やれることを懸命にやってきたという自負も、満足感も、自己肯定感もあります。だからこそ、わが人生の〝ゴールデンタイム〟

は、好きなことを好きなだけして過ごしたいと思います。

80歳を迎えたばかりの私には、まだまだやりたいことや挑戦したいことがたくさんあります。英語や中国語はもちろん、フランス語なども始めて、最終的には4か国語ぐらい話せるようになりたい!! という夢もあります。

それ以外にも、人間にもともと備わっている「探求心」をフル活用して、純粋なる自分の興味のために使いたいと思います。

例えば、宇宙、医学、海、寿命……。こういった分野について、世の中はまだまだわからないことだらけです。そういうことを少しでも知り、見識を深めるために、私はこれからも貴重な時間を費やしていこうと思います。


この本には、今日までの私、飯島勲の来し方を記してきました。これは、時代とともに一人の人間が生きてきた証(あかし)でもあります。

娘の願いでこの本を書き始めた私でしたが、こうして最後まで書き進めると、娘がなぜ、私に本を書かせたかったのかがわかった気がしました。

この本を書くことで、自分の人生を振り返るかけがえのない時間を持つことができました。その過程で、今まで多くの人に支えてもらったことや、今まで思い出せなかった今は亡き父や母、継父、兄弟、先祖のことなどにたくさん触れることができました。それらの方たちに、心からの感謝を伝えたいと思います。

また、この本を作るにあたり、わざわざ茨城まで足を運んでくれたＪディスカヴァーの城村典子さん、菊池寛貴さん、取材・構成の松岡理恵さん、編集者の楠本知子さんには大変お世話になりました。

最後にこの場を借りて、いつも私を支えてくれる妻・博子に感謝します。子どもたち３人、英子、勝勲、努、その家族や孫たちにも感謝の言葉を贈りたいと思います。本当にいつもありがとう。

私の〝ゴールデンタイム〟は、まさに絶好調です。

多くの方々に、**人生最終章の素晴らしい時間に気がついてもらい、自分だけでなく、周りの人々も幸せにしていってもらいたい**と思っています。

最後まで読んできただき、ありがとうございました。

「前進・努力」

「よく食べ、よく動き、大いに笑え」
「本は一生の友である」

2021年12月吉日

初冬のつくば市にて　飯島　勲

飯島 勲（いいじま いさお）

1941年茨城県つくば市生まれ。中央大学文学部英米文学科卒業後、（株）マルマンを経てアコーダー・ビジネス・フォーム（株）に入社。印刷会社の営業に従事し、持ち前の「押しと粘り」で7年間連続営業成績トップを獲得、サラリーマンの平均年収が63万円の時代にボーナス込みで1000万円の年収を得る。
1975年 同社を円満退職後、茨城県つくば市に東日本印刷（株）を起業。水戸営業所、東京営業所を開設して中央官庁等にも食い込み、最盛期には年商約10億円を達成する。2007年に会社清算。現在は趣味の畑作、英会話、ゴルフ、読書など、悠々自適のゴールデンタイムを満喫中。座右の銘は「前進・努力」。つくば市内で結婚55年目の博子夫人と小型犬と暮らす。

70歳からを輝かせる生き方

30代で10億円を作った男の話

2021年12月18日　初版第1刷

著者　飯島 勲

発行人　松崎義行

発行　みらいパブリッシング

〒166-0003 東京都杉並区高円寺南4-26-12 福丸ビル6F

TEL 03-5913-8611　FAX 03-5913-8011

https://miraipub.jp　mail：info@miraipub.jp

企画協力　Jディスカヴァー

編集協力　松岡理恵、楠本知子

発売　星雲社（共同出版社・流通責任出版社）

〒112-0005 東京都文京区水道1-3-30

TEL 03-3868-3275　FAX 03-3868-6588

印刷・製本　株式会社上野印刷所

ISBN978-4-434-29811-0 C0095